어쩌면…삼백년
후에

어쩌면… 삼백년 후에

틸만 뢰리히 | 이미옥 옮김

궁리
KungRee

차례

비바람으로 인해 누렇게 변색된 교회 건물의 정면에는 문이 마치 시커먼 상처처럼 벌어져 있었다.

"준비는 다 된 거야?"

캄캄한 교회 안에서 누군가 소리 죽여 물었다.

교회 뒤의 묘지에는 엘자 호베가 아들과 함께 몸을 바짝 낮춘 채 숨어 있었다. 이제 두 사람은 좁은 앞뜰을 지나 교회 입구 쪽으로 휙 스쳐 지나갔다. 여윈 여자는 서둘러 코가 촘촘한 망을 펼쳤다. 축 늘어진 망의 밑부분은 나무 막대기로 고정해놓은 상태였다.

"아직 손에서 놓으면 안 돼, 토비아스!"

그녀는 아들에게 조심하라고 말하며 덜덜 떨리는 손으로 그물의 밑부분에 달린 막대기를 움켜쥐고 있었다.

열네 살 소년은 두려움으로 입안이 바짝 말라 침을 삼킬 수도 없었다. 땀으로 흠뻑 젖은 두 손을 헐렁한 겉옷에 문지르면서 소년은 오두막들과, 절반쯤 무너져 내린 집들을 조심스럽게 살폈다. 1641년 10월 3일, 이날의 에게부시 마을은 더웠고 바람 한 점 없었다. 오후의 햇볕은 보리수나무 그늘을 나지막한 우물 뚜껑에서 마을 광장을 지나 묘지의 담 바깥 너머로 쫓아내버렸다.

우물가와 묘지 근처에는 인적이라고는 없었다. 토비아스는 그물을 받치고 있는 막대기를 꼭 쥐고 입술을 깨물고는 어머니를 향해 고개를 끄덕였다.

두 사람은 재빨리 자리에서 일어나 그물을 팽팽하게 펼쳐 교회로 들어가는 문 앞에 세웠다.

"지금이야, 마티아스!" 엘자 호베는 어두운 교회 안에다 대고 속삭였다.

날카로운 소총 소리가 났다. 토비아스는 숨을 죽였다. 천둥이 내리치듯 총소리는 교회 안을 뒤흔들었다.

총소리에 놀란 새들이 퍼덕이며 천장을 날아다녔다. 교회의 지붕 마룻대에 둥지를 틀고 있던 새들은 푸드덕거리며 입구로 날아가더니 펼쳐놓은 그물의 촘촘한 망에 걸리고 말았다. 새들이 망을 빠져나오기 전에, 토비아스는 그물의 막대기를 쥐고 어머니에게 풀쩍 뛰어가서 덫을 만들었다. 두 사람은 함께 퍼덕거리는 노획물을 바닥에 눌렀다.

새들이 비명을 질렀다. 엘자 호베는 새를 한 마리씩 쥐더니 그 자리에서 목을 땄다.

"엄…… 엄마!" 토비아스가 쿵쾅거리는 심장소리를 들으며 말을 더듬거렸다. 소년은 눈을 동그랗게 뜬 채 어머니의 손을 뚫어지게 응시하고만 있었다.

"자루 꺼내, 얼른!" 엘자 호베가 숨이 차서 헐떡였다. 토비아스는 얼이 빠진 채 입고 있던 회색의 아마포 덧옷 주머니에서 자루를 꺼냈다. 어머니는 자루의 입구를 벌리더니 그 안에 피 흘리는 새들을 집어넣었다. 그녀는 땅바닥에 떨어진 새의 머리도 주워서 자루 안에 넣었다.

"몇 마리야?" 마티아스 호베가 손에 총을 든 채 교회 밖으로 나오더니 물었다. "다섯 마리. 정말이지, 다섯 마리뿐이에요." 엘자 호베는 남편을 보며 대답했다. 묶어두었던 검은 머리카락을 풀자 머리카락이 그녀의 눈을 가렸고, 눈물이 볼을 타고 입가의 주름살을 따라 흘렀다. 그녀는 애써 미소를 지어 보였다.

총소리에 놀란 마을 사람들은 장터로 뛰어나왔다. 이들 가운데 가장 앞서 달린 사람이 바로 파이트였다. 한쪽 다리를 쓰지 못하는데도 그는 다른 사람들보다 빨랐다. 교회의 담에 채 도착하기도 전에 그는 냅다 고함부터 질러댔다. "교회지기! 도대체 뭘 쏘는 거야?"

엘자는 급히 그물과 노획물을 돌돌 말아 감싸 안고는 교회의 모퉁이를 돌아서 뒤편의 공동묘지를 지나쳐 도망을 쳤다. 아들 토비아스는 아버지 곁에 바짝 붙어 섰다.

이제 파이트는 숨을 헐떡이며 무덤 사이에 만들어둔 좁은 길 위로 모습을 나타냈다. 오직 여자 셋만이 그의 뒤를 따라왔다. 나머지 사람들은 교회지기가 교회 앞에 침착하게 서 있는 모습을 보고 장터에 머뭇거리고 있었다.

나이가 지긋한 파이트는 건강한 오른쪽 다리를 교회 앞마당의 바위 위에 얹었다. 의족인 다른 다리로 몸의 균형은 잡을 수 있었다. 덥수룩한 눈썹 아래 그의 두 눈이 아버지와 아들을 살폈다.

마티아스는 천천히 총을 교회의 담벼락에 기대어놓았다. "우리는 제단 위에 있는 지붕의 뼈대를 청소하고 있었어요. 제가 새들을 쫓았지요." 그가 아주 차분한 목소리로 설명했다.

파이트가 키득거렸다. "왜? 목사님도 이미 떠나고 없는 마당에."

마티아스는 침착하게 고개를 끄덕였다. "신의 전당은 깨끗해야 하니까요."

한쪽 다리를 못 쓰는 늙은이는 얼굴에 있는 흉터를 박박 문질렀다. "교회 안에서 사냥을 하면, 그게 뭐든 우리 모두의 것이야!" 그가 호락호락 넘어가지 않겠다는 듯 고함을 질렀다.

교회지기는 곁에 바짝 붙어 선 아들이 떨고 있는 것을 알아차리고 아들의 어깨 위에 손을 얹었다. "나는 아무것도 쏘지 않았어요." 이로써 교회지기는 언쟁에 종지부를 찍었다.

마을에서 파이트를 뒤쫓아왔던 여자들은 아무 말 없이 듣고만 있었다. 한 여자는 손톱을 뜯고 있었다. 그녀의 볼은 움푹 파여 있었고, 창백한 피부만이 턱과 턱뼈 위를 팽팽하게 당겨주고 있었다.

여자들이 입고 있는 너덜너덜하게 닳아빠진 아마포 옷들로 인해 그녀들의 눈에 서려 있는 절망은 더욱 도드라져 보였다. 에게부시 마을에 사는 주민들은 지치고 굶주려서 누가 누구인지 분간하기도 힘든 상태였다.

여자들은 아무 말도 않고 몸을 돌려 묘지를 떠났다.

파이트는 교회지기와 그의 아들을 따라 교회 안으로 들어갔다. 희미한 빛 속에서 그들은 돌을 깔아놓은 바닥 위를 걸어갔다. 망가진 나무 설교단은 온통 흰색 새똥으로 뒤덮여 있었다. 텅 빈 제단은 마치 돌로 만든 관인 양 교회의 정면 앞에 떡 하니 서 있었다. 교회 벽 높은 곳에 만들어놓은 둥근 창문에는 우유처럼 희뿌연 것들이 덕지덕지 붙어서 밖이 보이지 않았다.

"우리를 도와줘요, 파이트." 교회지기 마티아스가 제단의 계단에 얹어두었던 기다란 막대를 잡으며 말했다. 그는 노련한 솜씨로 돌멩이를 달아둔 막대를 빙빙 휘두르더니 이내 널찍한 대들보 위에 던져 올렸다. 이곳은 측면 벽과 연결되는 대들보의 구석 부분이었다. 돌은 다시 밑으로 떨어지더니 밧줄을 대들보 위로 올려 보냈다.

두 남자가 밧줄의 다른 끝자락을 토비아스의 몸에 꽁꽁 묶은 다음, 아버지는 기다란 싸리비를 아들의 손에 쥐어주었다. "무서워할 거 없어, 우리가 밑에서 꼭 붙잡고 있을 거야."

토비아스는 고개를 끄덕였다. 두 남자는 밧줄을 팽팽하게 당겨 허약한 소년을 위로 올려 보냈다. 밧줄은 겨드랑이를 지나 가슴에 꼭 묶여 있어서 토비아스는 두 팔을 비교적 쉽게 움직일 수 있었다. 그는 오른손으로 커다란 빗자루를 잡고 있었다. 그런 모습으로 토비아스는 공중에 매달린 채 제단을 천천히 지나갔다.

교회 정면의 한가운데에는 나무로 만든 거대한 십자가가 있었다. 그곳에서 토비아스는 멈춰 섰다. 소년의 시선은 거대한 십자가에 고정되었다. 예수의 몸은 이미 지난 봄에 십자가에서 떨어져나가고 없었다. 예수의 손과 발만이 마치 도끼에 잘려나간 것처럼 녹슨 커다란 못에 달려 있을 뿐이었다. 이 모습은 십자가 아래에서 이미 여러 차례 바라본 광경이었다. 하지만 갑자기 이렇게 가까이에서 십자가를 보게 되자 토비아스는 겁이 덜컥 났다.

"뭐야?" 아버지의 걱정스런 목소리가 아래에서 들려왔다. 아버지의 목소리를 듣자 토비아스는 공포로 얼어붙었던 마음이 누그러졌다. "아니에요." 소년은 짤막하게 대답을 하고 빗자루로 대들보 위를 청소하다가 오른쪽 십자가에 있는 새들의 둥지를 건드렸다. 못 박혀 있는 손과 발은 건드리지 않았다.

"계속 가요!" 토비아스가 밑에 있는 두 남자에게 소리를 질렀다.

마침내 토비아스는 둥근 창의 끝에 이르렀다. 싸리비로 한 번 쓸어낼 때마다 먼지와 거미줄들이 창에서 제거되었고 교회 안으로 빛이 더 많이 들어왔다. 토비아스는 이제 창을 통해서 나지막한 집들의 지붕과 마구 파헤쳐진 들판, 그리고 구멍이 나 있는 초원의 언덕 너머 숲의 가장자리까지 볼 수 있었다. 태양은 이 모든 것을 좀더 따사롭게 만들어주었다.

숲의 공터 한가운데에서는 햇빛이 너도밤나무의 떨어진 잎사귀들에 걸려 있었다.

조용했다. 다만 나무뿌리 부근에서 어린 소녀들이 떼를 지어 우글거리는 소리가 올라왔다. 뭔가 호소하는 소리였지만, 또렷하게 들리지는 않았다. 나무딸기 덩굴과 라일락 군락으로 인해 소리가 멀리까지 퍼지지 않기 때문이다. 나무딸기 덩굴과 라일락 군락은 둥근 공터를 빙 둘러싸고 있었고 숲에서 자라고 있는 키 큰 활엽수까지 밀고 들어갈 기세였다.

아홉 살짜리 소녀의 두 손은 머리 위에 있는 너도밤나무의 가지에 가죽 끈으로 묶여 있었다. 엘리자베스의 얼굴 바로 옆에는 죽은 생쥐 열 마리가 꼬리가 서로 묶인 채 또 다른 가죽 끈에 대롱대롱 매달려 있었다. 엘리자베스의 회색 윗도리는 위쪽으로 밀려 올라가서 배꼽이 보일 듯 말 듯했다.

가시덤불 사이에 난 좁은 길을 따라 요켈은 가득 채워진 자루를 끌고 갔다. 열다섯 살 소년은 숨을 헐떡거리며 공터에 겨우 도착했다. 엘리자베스는 요켈을 보자마자 자신이 나무에 매달려 있다고 다급하게 소리쳤다.

요켈 마르카르트는 재미있다는 듯 얼굴을 찡긋하더니 소녀 앞에 자루를 내려놓았다. 그는 되도록 어른 같은 목소리를 내려고 노력했다. "여기서 뭘 하는 거야?" 그가 물었다.

엘리자베스는 오빠가 심술궂게 히죽거리는 모양을 보자, 진지하게 행동하기가 쉽지 않았다. "도와줘요, 농부! 나는 습격을 당했어요!" 동생은 키득거렸다. "나를 도와주면 보상으로 생쥐들을 드릴게요."

요켈은 깜짝 놀란 농부 역할을 맡았다. "좋아. 내가 너를 풀어주지." 소년은 윗도리 주머니에서 칼을 꺼내 엘리자베스의 손을 묶고 있는 가죽 끈으로 가져갔다.

이때 소년의 등 뒤 라일락 숲에서 네 명의 아이들이 나타나더니 너도밤나무가 있는 공터로 살금살금 기어갔다. 소녀 둘은 손에 팔뚝만한 나뭇가지를 쥐고 있었다. 이들 뒤를 어린 소년 둘이 발꿈치를 들고 따라가고 있었다.

마리아와 여자 친구는 뒤에서 요켈의 머리를 내려칠 것처럼 몽둥이를 휘둘렀다. 하지만 바로 요켈의 머리 위에서 몽둥이를 멈추었다. 요켈은 몽둥이에 맞은 것 마냥 손에 들고 있던 칼을 떨어뜨리고서는 나무 옆에 픽 하고 쓰러졌다.

아이들은 쓰러진 형이자 오빠의 주변을 뱅뱅 돌면서 환호를 지르며 춤을 췄다. 여전히 나무에 묶여 있던 엘리자베스는 재미있다는 듯 허공에서 다리를 버둥거렸다. "농부가 죽었어. 죽었어, 죽었다고!" 이렇게 소녀는 꽥 소리를 질렀다.

엘리자베스의 남동생 둘은, 그러니까 여섯 살 난 레온하르트와 열 살 난 발렌틴은 기회는 이때다 싶었다. 그들은 두 팔을 쭉 펴고 누나에게 다가가더니 괴성을 지르며, 꽁꽁 묶여 있는 누나를 간질이기 시작했다.

요켈은 땅에 등을 대고 벌렁 눕더니 머리 밑에 양 팔을 벴다. 만족스럽다는 듯이 이제 제법 큰 여동생을 올려다보며 얼굴을 찡긋했다. "맞아, 그렇게 하는 거야. 간단해."

에게부시 마을 교회지기의 딸이자 이제 열세 살인 안네 호베는 자루 옆에 몽둥이를 팽개쳤다. 그리고 동갑내기 친구를 빤히 쳐다보았다. "나는 아무도 죽이지 못할 거야."

마리아는 어깨를 실룩거렸다. "나도 마찬가지야. 그렇지만 너무 배가 고파. 그러니 앞으로 내가 어떻게 할지는 나도 몰라."

두 소녀는 머리를 들어서, 나무딸기 덩굴을 뚫고 나 있는 좁은 길 쪽을 응시했다.

어린아이들이 뛰어다니는 소리가 숲에서 들려왔다. 고함소리와 또 다른 웃음소리도 섞여 있었다. 요켈은 일어나 자리에 앉았다. 그리고 날카로운 소리로 나무 곁에 있던 세 명에게 조용히 하라고 명령조로 말했다. 아이들은 즉각 숨소리조차 내지 않았다.

명령을 내리는 여자 목소리가, 아이들이 부르고 대답하는 소리가 점점 더 크게 들려왔다.

요켈은 즉시 자리에서 일어났다. "마리아, 자루를 들어!" 그는 쉿 소리를 내며 움직였다. 동시에 소년은 안네를 나무 쪽으로 밀었다. "넌 이 쥐들을 떼내. 얼른!"

요켈은 금세 엘리자베스 곁으로 가서는 손에 묶인 매듭을 풀려고 애를 썼다.

하지만 너무 단단하게 묶여 있었다. 소년의 심장은 쿵쿵 소리를 냈다.

칼은 마치 팔처럼 땅을 움켜쥔 너도밤나무의 뿌리 틈새에 놓여 있었다. 요켈은 단도를 얼른 집어 들고 다시 일어섰다.

그 순간, 족히 열다섯 명은 되어 보이는 아이들이 공터 가장자리에 자라고 있는 덤불을 뚫고 나타나더니 반원을 만들었다. 낯선 아이들은 더럽고 알록달록한 외투를 헐렁한 윗도리 위에 걸치고 있었다. 몇몇 아이들은 바구니를 들고 있었고, 또 몇몇은 반쯤 채워진 자루를 손에 들고 있었다. 그들은 뭉쳐서 너도밤나무를 향해 다가왔다.

요켈은 엘리자베스 앞에 있었다. 공격할 자세를 취하며 소년은 칼끝을 위를 향해 들었다. 낯선 아이들의 적개심에 소년의 심장은 오그라드는 듯했다.

"멈춰!" 요켈은 불같이 고함을 질렀다. 소년의 오른쪽에는 여동생이, 왼쪽에는 안네 호베가 서 있었다. 두 소녀는 다시금 몽둥이를 꼭 쥐었다.

"가까이 오면 이 칼로 찔러버리겠어." 요켈의 목소리가 갑자기 고음의 쇳소리로 변했다.

칼을 든 소년의 남동생 둘은 아직도 너도밤나무 가지에 팔이 묶인 엘리자베스를 안고 있었다.

한순간 요켈의 위협은 효과가 있었다. 하지만 덥수룩한 금발머리 소녀가 두 발자국 앞으로 나오더니 인상을 찌푸렸다. "자루에 뭐가 들어 있어?" 대장 소녀의 이빨은 시커먼 나무토막 같았다.

요켈은 입을 다물고 있었지만, 어린 레온하르트가 싸울 기세로 대답했다. "이건 우리 무야! 우리 호두고!"

요켈은 윽박질렀다. "조용히 해!"

레온하르트는 형의 말을 듣지 않았다. "이 생쥐들도 우리가 혼자서 잡았어. 집쥐보다 훨씬 맛이 좋아!"

낯선 아이들의 눈에서 굶주린 탐욕이 용솟음쳤다. 그들은 자루와 바구니를 던져버리고는 갑자기 손에 칼을 쥐었다. 낯선 아이들은 반원의 형태로 서서히 공터의 한가운데로 밀고 들어왔다.

"한 발자국도 더 움직이지 마!" 요켈은 있는 힘껏 소리쳤지만, 아무리 위협을 해봤자 이제는 소용이 없다는 것을 알았다.

"공격!" 대장 소녀의 맑은 목소리가 울려 퍼졌다. 그러자 낯선 아이들이 마치 커다란 칼이라도 되듯 단도를 손에 쥐고 너도밤나무를 향해 돌진했다.

마리아와 안네는 머리 위로 몽둥이를 휘둘렀다. 요켈은 대장 소녀를 공격했다. 그의 발은 대장 소녀가 들고 있던 칼 손잡이를 정확하게 명중시켰다. 소녀는 너무 아픈 나머지 괴성을 지르며 날카로운 칼을 땅에 떨어뜨리고 말았다. 그러자 요켈은 사납게 소녀의 가냘픈 목에 가지고 있던 단도를 겨누었다. "그만 둬! 그렇지 않으면 너희들이 보는 앞에서 목을 따버릴 거야!"

동생들을 걱정하다가 잔뜩 두려움에 휩싸였던 요켈은, 공격이 이미 끝이 났다는 사실을 알아차리지 못했다. 한순간 소년은 당황한 눈빛으로 조롱 섞인 낯선 얼굴들만 뚫어지게 쳐다보았다. 그러고 나자 누군가가 뒤에서 소년의 머리채를 잡더니 머리를 뒤로 확 낚아챘다. 동시에 낯선 사람들이 소년의 곁으로 다가와서 팔을 짓누르기 시작했다. 요켈은 그들의 눈과, 찢어진 유니폼 외투, 번쩍이는 귀걸이를 알아볼 수 있었다. 그들은 바로 마녀들! 요켈의 머리를 번개처럼 스쳐 지나가는 단어였다. 또다시 누군가가 등을 세게 때렸고, 그리하여 요켈의 몸은 더욱 휘청거렸다. 그들은 주먹으로 요켈을 거의 숨을 쉴 수 없을 정도로 때렸다. 요켈의 눈에 권총 손잡이가 들어왔다. 순간, 그는 기절하고 말았다.

다시 의식이 들자 권총 손잡이에 대한 생각이 사라졌다. 요켈은 고함을 지르며 두 눈을 떴다. 소년은 땅바닥에 누워 있었고, 마리아와 안네가 곁에 무릎을 꿇고 앉아 있었다.

"그들은 어디에 있는 거야?" 요켈이 겨우 입을 열었다.

"갔어." 안네가 조심스럽게 소년의 머리카락을 쓰다듬었다.

"애들은?" 요켈은 힘들게 침을 삼키고 기침을 했다. 마리아가 오빠를 부축했다. "우리한테는 아무 짓도 하지 않았어." 여동생은 잠시 말을 멈추었다. "그들이 자루와 쥐를 몽땅 가져갔어. 엄마한테 뭐라고 해야 하지?"

요켈은 두 눈을 감았다. "군인들의 아낙네들이야." 이렇게 중얼거리자 역겨워서 토할 것만 같았다. 요켈은 신음하듯 말했다. "그들은 군인들의 아낙네들이었어."

소년은 갑자기 정신이 번쩍 들어 자리에서 일어났다. 머리가 너무 아팠다. 소년은 두 손을 관자놀이에 대고 눌렀다.

"그들은 다시 올 거야!"

이제 두 소녀도 무슨 말인지 이해할 수 있었다. 만일 군대가 근처에서 야영을 하면, 수송대와 함께 움직이는 여자들과 아이들이 떼를 지어 주변으로 퍼져나갔다. 그들은 숲에서 딸기와 버섯을 땄다. 오래전부터 경작을 하지 않는 들판에서 곡식의 찌꺼기라도 있는 대로 찾아냈고, 땅에서 무나 야생 홍당무를 캐내었다. 그들은 나중에는 집들을 약탈했고, 군인들이 이미 쓸고 지나간 다음 남겨놓은 것들을 가져갔다. 아이들은 노래하고 기도하는 것을 배우듯 훔치고 살인하는 것을 배웠다.

요켈은 힘겹게 일어섰다. 엘리자베스는 훌쩍거리며 울고 있었다. 소녀는 아직도 너도밤나무의 나뭇가지에 손이 묶인 상태였다. 발렌틴은 두 팔로 엘리자베스의 몸을 휘감고 함께 울었다. 열다섯 살 소년 요켈은 풀 위에 떨어진 칼을 주워 가죽 끈을 잘랐다.

레온하르트가 보이지 않았다!

"이 녀석은 어디에 있는 거야?" 요켈은 주변을 둘러보았다. 이제 모두가 레온하르트의 이름을 불러대기 시작했다. 숲에서 아주 작은 소리로 대답이 들려왔다. 요켈은 다른 아이들에게 기다리라고 말하고는 급히 공터를 떠났다.

요켈은 동생 레온하르트를 쉽게 찾았다. 녀석은 자신과 엇비슷한 나이 또래의 아이 곁에 허리를 구부린 채 앉아 있었다.

군인의 아이였다! 아이는 땅에 누워 있었다. 창백한 이마에는 땀이 흥건했고 볼에는 피가 묻어 있었다. 기침을 할 때마다 입에서 피가 나왔다. 요켈은 누워 있는 아이가 입고 있는 셔츠를 찢었다. 그러자 아이의 가슴이 드러났다. 완전히 검푸른 색이었다. 겨드랑이 밑에 있는 살이 갈라져서 벌어져 있었다. 레온하르트는 신음하는 아이를 부드럽게 쓰다듬어주었다.

요켈은 온몸이 마비된 듯 낯선 아이를 바라보았다. 아주 짧은 순간만……. 이내 요켈은 고함을 지르며 동생을 낚아채서 병든 군인의 아이로부터 떼어놓았다.

흑사병! 요켈은 몸에 나타나는 흑사병의 증상에 대해 잘 알고 있었다.

요켈은 절망을 떨쳐내기라도 하듯 어린 남동생을 마구 흔들었다. "아무한테도 말하면 안 돼! 알겠어?"

레온하르트는 머리를 흔들었다. "그렇지만 저 아이는 아프단 말이야."

요켈의 눈에는 공포의 눈물이 글썽거렸다. "레온하르트. 우리
는 이 아이에 관해서 아무한테도 말해선 안 돼. 알아듣겠니? 저 아
이 어머니가 기다리고 있어. 우리가 사라지면 나타나서 아들을 데
려갈 거야."

레온하르트는 형의 말을 알아들었다. 요켈은 여섯 살 먹은 동생
을 죽어가는 아이로부터 떼내어 숲의 공터로 데려갔다.

"이제 집으로 가야 해."

안네와 다른 동생들은 아무 말 없이 앞장을 섰다. 요켈은 그들
뒤를 따랐다. 동생 레온하르트의 손을 꼭 잡은 채로.

그들은 돌이 삐죽삐죽 솟아 있는 숲 가장자리의 큰길을 따라 걸
었다. 레온하르트는 큰형의 손을 꼭 잡고 있었다. 마침내 요켈은 막
내의 손을 놓아주었고, 여섯 살 아이는 앞서 걸어가던 엘리자베스
와 발렌틴에게 달려갔다. "후! 나는 농부야!" 녀석은 이미 시들어
서 길 양편에 늘어서 있는 엉겅퀴를 맨발로 풀쩍 뛰어넘었다.

세 남매는 평소보다 더 용기백배하여 달리기 시합을 했고, 한
명이 다른 두 명을 앞지르기 위해 달음박질쳤다. 너도밤나무에서
습격당한 일은 벌써 잊혀지고 있었다.

숲 가장자리에서 길을 꺾어 초원과 논밭 사이를 지나면 에게부

시 마을로 가는 길이 나타났다. 이 길에서 아이들은 풀밭에 또다시 몸을 뒹굴었다. 머리를 앞으로 쑥 내밀고 나서 다리를 허공에 띄웠다. 그러면 또다시 머리를 앞으로 내밀었다.

요켈은 안네와 마리아를 지나쳐 앞으로 나갔다. 머리가 아팠다. 여동생들은 오빠의 혹을 들여다보았다. "아직 터지지는 않았네." 마리아가 손톱으로 딱딱하게 부어오른 혹을 살짝 눌렀다. 그러자 오빠는 즉시 몸을 움츠렸다.

옆에서 지켜보고 있던 안네가 마리아를 툭 쳤다. "그렇게 하면 아프잖아."

마리아는 인상을 약간 찌푸리더니 교회지기의 딸에게 상처를 보라고 넘겼다. 안네는 두 손으로 머리를 잡고는 입으로 요켈의 머리에 난 혹에 부드럽게 '후!' 하고 바람을 불어주었다. 안네는 마리아를 보지 않으려고 무진 애를 썼다.

요켈은 잠시 그와 같은 배려에 위로를 받았다. 그러나 그것도 잠깐뿐이었고, 요켈은 안네의 손을 뿌리쳤다.

"괜찮아." 그가 중얼거렸다. 안네의 보살핌이 갑자기 너무 부담스러운지, 요켈은 얼굴에 흘러내린 금발을 만지작거렸다. 여동생이 히죽히죽 웃어대는 게 화가 났던 것이다.

"저기 토비아스가 온다!" 엘리자베스가 풀밭에서 동생들 사이에 앉아 있다가 손을 흔들었다.

교회지기의 아들은 요켈 앞에 섰다. "아버지가 나더러 너희들한테 가보라고 했어." 토비아스는 의문스럽다는 눈길로 소녀들과 친구를 빤히 쳐다보았다. "너희들은 왜 너도밤나무에 있지 않는 거야?"

마리아는 오빠의 머리를 가리켰다. "그들이 요켈을 때렸어."

그러자 큰 아이들이 설명을 했고, 어린 녀석들도 끼어들어 고함을 질러대는 통에 토비아스는 숲에서 무슨 일이 일어났는지 알게 되었다.

"군인들의 여자"라는 낱말이 또다시 어린 소년의 기억을 뚫고 지나갔다. 썩은 고기를 먹는 커다란 새처럼 그런 여자들은 봄에만 하더라도 에게부시 마을의 집 안과 가축우리를 쓸어갔다. 마지막 남은 닭을 보호하기 위해서 마을 사람들은 여자들에게 닭 두 마리를 줘야만 했다. 마을의 어머니들이 아무리 부탁하고 간청해도 탐욕스러운 여자들 귀에는 닿지 않았다. 여자들은 도가니와 그릇마저 모두 탈취해갔고, 그것도 아주 거친 말을 내뱉으며 가져갔다.

"저런 식으로 말하는 건 지옥에서나 하는 거야." 요켈은 당시 친구 토비아스에게 그렇게 말했다.

교회지기의 아들은 뾰족한 돌덩이 틈에서 동그란 자갈을 주워들더니, 마치 당시에 일어났던 기억을 쫓아내기라도 하듯 풀밭 저 멀리로 던졌다. "어쩌면……" 소년은 더 이상 말을 하지 않았다.

소년의 친구도 그리고 소녀들도 바로 그 '어쩌면'이라는 말에 희망을 걸고 있는지 몰랐다.

말이 끄는 수레가 위험할 정도로 빠르게 위쪽에 위치한 숲을 휙 지나치면서 모퉁이를 돌았다. 커다란 바퀴 두 개는 길 위를 미끄러지듯 달렸고, 마차 위에 앉아 있던 남자가 채찍으로 말을 내리치자, 말은 히힝거리며 수레를 도랑으로 몰고 갔다. 이제 말은 발굽을 치켜들고 언덕 밑으로 내려갔는데, 콧구멍을 앞으로 쭉 내밀고 있었다. 마차꾼은 말의 엉덩이를 점점 세차게 채찍질했다. 말들은 더욱더 빨리 내달렸다.

아이들은 마치 홀린 사람처럼 상자 모양으로 생긴 마차를 뚫어지게 쳐다보았다. 이미 마차는 그들이 있는 곳까지 왔다. 그 순간, 토비아스는 공포에 일그러진 마을 태수의 얼굴을 알아보았다. 다음 순간 마차는 다시 에게부시 마을 방향으로 쏜살같이 달렸다.

엘리자베스와 레온하르트는 환성을 질렀다. 그리고 발렌틴은 열광하여 손뼉을 치기까지 했다.

하지만 그때 날카로운 휘파람 소리와 말발굽 소리가 온 사방에 퍼졌다. 세 사람이 말을 타고 마차를 뒤따랐는데, 그들의 머리는 말갈기와 거의 닿을 정도였다. 장화 굽은 말의 옆구리를 찼고, 갈기갈기 찢어진 어두운 색의 망토는 날개처럼 거친 바람에 펄럭였다.

찢어진 망토를 걸친 말을 탄 남자들은 아이들을 지나쳐 점점 마차 가까이 다가갔다. 에게부시 마을도 금세 나타났다.

기수들은 똑바로 몸을 세웠고 말을 내려가더니 떨면서 바닥에 섰다. 마치 부러진 박쥐 날개처럼 남자들이 두르고 있던 찢어진 망토는 말의 몸뚱이 밑에까지 축 내려갔다. 추적하던 남자들은 갈색의 오두막 앞에 서 있던 수레를 유심히 관찰했다.

요켈과 토비아스는 동생들과 함께 오목한 초원의 언덕 위를 지나 밑으로 냅다 달렸다. 이제 그들은 충분히 멀리 떨어져서 기수들을 응시했다.

기수들의 얼굴은 덥수룩한 수염에 가려 입도 보이지 않았고, 시커먼 때가 코와 눈에는 물론 테가 넓은 모자에까지 묻어 있었다. 휘어진 칼이 든 칼집은 마치 굽은 창끝처럼 허리띠에 매달려 있었고, 주름을 잡아 불룩해진 바지는 깊숙한 깔때기 같은 장화 속에 집어넣은 채였다.

엘리자베스, 발렌틴 그리고 레온하르트는 자신들보다 나이가 많은 소녀들 곁에 바짝 붙어서 손으로 얼굴을 꼭 눌렀다. 요켈은 말없이 두 주먹을 문질렀다. 심장이 뛸 때마다 다친 곳이 욱신거리며 아파왔다.

토비아스가 속삭였다. "군인들이야." 갑자기 그는, 어머니가 자루에 집어넣기 전에 그물에 있던 새들의 몸통이 떠올랐다. "완전히 피투성이야." 그는 마음속에 담아둔 말을 했다.

군인들은 급하게 마을을 훑어본 뒤 말을 돌려 숲의 가장자리로 몰고 가더니, 길모퉁이를 돌아 시야에서 사라져갔다.

요켈은 주먹을 폈고, 손을 깔때기처럼 입 앞에 대더니 이렇게 울부짖었다. "군인들이다!" 고함소리는 가시처럼 머리를 콕콕 찔렀다. "군인들!" 그리고 또 외쳤다. "군인들!"

그렇게 소리치며 소년은 교회가 있는 곳을 향해 급히 달렸다.

"군인들! 군인들!" 이제 다른 아이들도 똑같이 외치며 요켈의 뒤를 따랐다.

마을의 태수가 몰았던 마차가 보리수나무 곁에 서 있었다. 군인들!

이렇게 질러대는 고함소리가 장터에 쩌렁쩌렁 울려 퍼졌다. 쉬지도 않고 땅딸막한 사내는 집집마다 골목마다 소리를 지르며 알렸다. 파이트는 주민들이 사는 오두막집의 문 앞에 잠시 멈추어 관청에서 사용하는 종을 마구 흔들어댔다. 군인들이다!

전쟁터에 나간 지 몇 달도 안 되어 전투에서 패하고, 다리까지 절룩거리며 마을에 돌아온 이후부터, 사람들은 그를 관청에서 일하는 관리로 불렀다.

"그들이 오고 있소!"

놀란 에게부시의 마을 사람들은 집 안에서 길로 뛰쳐나왔다.

"어디?"

"아직 없잖소!"

"하지만 근처에 있을 거야!"

아이들은 울었고, 남자들은 큰 낫과 타작용 도리깨를 가져왔고, 여자들도 막대기를 들었다.

그때 요켈과 토비아스가 마을에 있는 샘물에 도착했다. 군인들이다!

고함소리는 사방에서 들리더니 장터로 한데 모였다. 이 소리를 들을 때마다 사람들은 깜짝깜짝 놀랐다. 에게부시 마을에서는 파이트를 제외하면 전쟁터가 어떤 곳인지 아무도 몰랐다. 그를 제외한 누구도 용병들이 수도 없이 죽어 있는 광경을 보지 못했다. 도주를 하다가 죽기도 했고, 오랜 전투로 고통스러워하며 죽어가기도 했다.

여기 에게부시에서 군인들은 다치지 않았다. 이곳은 군에 지불할 돈이 없었다. 군대는 원수(元帥)에게 봉급으로 마을이나 도시를 얻었다. 군대는 그런 식으로 알아서 생계를 꾸려나가고 있었다. 작은 마을은 용병들에게, 약탈하고 파괴하는 수천 개의 창고들 가운데 하나일 뿐이었다. 따라서 마을들은 그들에게 굶주림을 채우고 탐욕을 채우는 곳일 뿐이었다.

마을의 태수는 자신의 마차에 올랐다. 그를 빙 둘러싼 사람들은 몇 년 동안 지속된 전쟁에서 겨우 살아남은 자들이었다. 아이들까지 모두 합해도 고작 50여 명밖에 되지 않는 주민들은 굶주림으로 말미암아 쇠약해 있었다.

태수는 팔을 쭉 펴서 동쪽에 위치한 평평한 언덕을 가리켰다. "저기 강가에 벌써 말을 타는 기병대들이 와 있소. 저곳에서 그들이 야영을 할 겁니다. 저긴 우리 땅인데 말이오!"

"우리 거요!" 요켈의 아버지 크리스토프 마르카르트는 이 말을 내뱉었다.

"신이시여 우리를 지켜주소서!"

"신이시여, 우리를 불쌍히 여기소서!"

마을 사람들 틈에서 기도하는 목소리가 들려왔다.

에게부시 마을 사람들 가운데, 언덕에서 야영을 하는 자들이 누구인지 아는 사람은 아무도 없었다. 사실 그들이 누구이든 상관없었다. 언덕의 강가에서 야영을 하는 자들이 스웨덴인이든, 브란덴부르크인이든, 이탈리아인이든, 황제의 신민이든, 그들은 마을을 약탈하고 늑대처럼 주민들을 죽였다.

엘자 호베는 아들 토비아스와 딸 안네를 발견했다. 요켈은 중얼거렸다. "내가 만약 군인이라면, 군인들을 모두 죽여버릴 거야."

교회지기의 아내는 짤막하게 두 아이들을 부르더니 이들을 데리고 집으로 돌아갔다. 마티아스는 아직 몇몇 남자들 곁에 서 있었다. 파이트는 절룩거리며 한 사람 한 사람에게 경고를 했다. "싸우지 말게! 내가 분명히 말해두는데, 제발 맞서 싸우지 말게나. 만일 그렇게 했다가는 모두 죽게 될 거야. 나는 분명히 말했어."

요켈과 네 명의 자식을 둔 어머니 울술라 마르카르트는 여자들 사이로 쑥 밀고 들어왔다. 그녀의 손은, 아직 태어나지 않은 아이를 안심시키려는 듯 배를 쓰다듬었다. "어서들 숨어요. 변장을 하고 여자아이들은 흉측한 아낙네처럼 보이도록 만들어요. 어서!"

여자들은 고개를 끄덕였다. 20년 전부터 그들은 자신들은 물론 이거니와 딸자식들도 용병들의 거친 욕구에 희생되지 않도록 몸을 피해야 했다. 이웃집 여자가 발가벗긴 채로 골목길에 끌려 나오자 괴물 같은 괴성을 지르며 다섯 명의 군인들이 그녀를 덮쳤고, 그런 다음 여자의 가슴을 잘라놓고 사라지는 모습을 봤을 때, 마을 여자들은 온몸을 떨었다.

그때까지 마차 위에 서 있던 마을의 태수는 손을 높이 쳐들었다. "어쩌면 그들은 내일 이곳에 올지 모르오. 아니면 모레."

"오늘 밤일지도 모릅니다!" 크리스토프 마르카르트가 고함을 질렀다. 태수는 잠시 입을 닫고 있더니 무두장이를 빤히 바라보았다. 그러고는 나지막하게 말했다. "맞아, 그럴 수도 있어. 다들 집으로 돌아가시오. 신의 가호가 함께 하기를!"

그는 고삐를 당기고, 입술로 휙 소리를 내고는 천천히 마을 광장에 마차를 세웠다.

어머니들은 어린아이들을 불렀고, 나이가 많은 아이들은 자기보다 어린 동생들의 손을 잡았다. 그들 뒤로 늙은 여자들이 신발을 질질 끌며 따라갔고 남자들이 바로 그 뒤를 따랐다. 그들은 큰 낫과 타작용 도리깨를 이제 쓸모없는 무기처럼 들고 있었다.

"요켈, 안 올 거냐?" 크리스토프 마르카르트는 몸을 돌려 뒤를 돌아보았다. 아들은 결정을 내리지 못하고 샘물 옆에 서 있었다.

"곧 갈게요, 아빠."

그러고 나더니 요켈은 서둘러 마을 광장을 가로질렀다.

"당장 오지 못해!"

요켈은 아버지의 부름을 외면한 채 급히 그곳을 빠져나왔다. 맞은편에 있는 길목에 들어가서야 소년은 걸음을 늦추었다.

해는 서쪽 저 멀리에서 사라졌다. 하지만 빛은 예리한 선으로 푸르스름한 하늘과 언덕을 구분해놓았다. 그러나 집들과 오두막들 사이를 비집고 들어가지는 않았다. 골목길은 마차가 지나갈 수 있을 정도로 넓었다. 그럼에도 요켈은 이 좁은 길의 중앙으로 걸었다. 그는 집들의 담에 너무 가까이 가지 않으려고 조심했다. 대문들은 부서져 내려앉았고 창문에는 창틀도 유리도 없었다.

해골. 요켈의 머릿속에서 이 단어가 지나갔다.

"옛날에는 집집마다 사람들이 살았었지." 할머니는 그렇게 말씀하셨다. "그때, 그러니까 전쟁이 일어나기 전……" 할머니의 목소리는 마치 오래된 전설을 얘기하는 것 같았다.

하지만 요켈이 알고 있기로는, 이곳 집들 가운데 몇 채는 항상 비어 있었다. 그러다가 6년 전, 군인들이 1년에 한두 번이 아니라 달이면 달마다 에게부시의 집과 농가를 침입했을 때, 마을에 사는 주민들 가운데 절반 이상이 죽어나갔다.

이렇듯 끔찍한 사건들이 반복되던 어느 날 아침이었다. 요켈은 토비아스와 함께, 지난밤에 죽은 사람들을 사다리처럼 쌓아둔 손수레 뒤로 살금살금 기어갔다. 토비아스의 아버지는 목사님과 함께 시체의 수를 세어보았다. 40구가 넘었다. 이제 수많은 빈집만이 남았고, 쓰러져가는 이런 빈집은 커다란 회색 쥐들의 차지가 되었다. 용병들이 근처에 야영을 하면, 가족들은 대문을 떼내고 창문도 들어낸 다음 마구간에 몸을 숨겼다. 그래서 약탈하는 무리들이 사람 사는 집을 발견하는 데는 오랜 시간이 걸렸다. 그들은 탐욕으로 광란하며 집들을 그냥 지나쳐가는 수가 많았던 것이다.

요켈은 좁은 길에서 서둘러 나왔다. 해골들이 사는 집들. 밤이면 해골의 눈구멍에는 늘 살아남은 회색의 포식자들이 도사리고 있었다.

요켈은 마침내 마을 태수가 사는 집의 작은 뜰에 도착했다. 나무로 만든 대문 두 짝은 이미 닫혀 있었다. 하지만 무두장이의 아들은 헛간과 오두막이 닿아 있는 중간에 빈 틈이 있는 걸 알았다. 소년은 조심해서 판자 두 개를 떼낸 다음 안으로 밀고 들어가서 소리 없이 헛간 벽을 따라 살금살금 걸어갔다.

열린 문을 통해 들어온 햇살들이 가느다란 빗살 모양으로 좁은 안마당을 비추었다. 요켈은 뒤쪽에 있는 판자에 몸을 붙이고서는 지나갔다. 안쪽에서 말이 히힝거리는 소리가 들려왔다. 마을 태수는 마지막 남은 염소 한 마리와 함께 동물들을 이곳에 숨겨놓고 있었다.

열다섯 살 소년은 눈에 띄지 않게 빗물을 모아두는 통까지 갔다. 이곳이 바로 소년만의 은밀한 장소였다. 여기에서부터 그는 아무런 거리낌 없이 태수의 부엌 안을 들여다볼 수 있었다.

요켈에게는 다행이었다. 갑자기 거친 숨소리가 너무 크다는 생각이 들어서 소년은 큰 빗물 통에 몸을 꼭 붙였다. 부엌에 있는 식탁 앞으로 카타리나가 보였다. 소녀는 몸을 앞으로 약간 굽히고 있었다. 태수의 부인은 서둘러 딸아이의 머리카락을 감추기 위해 감싸두었던 머릿수건을 풀었다. 그러자 빨간색 머리카락이 촛불을 받아 희미하게 빛났다. 카타리나는 아버지에게 몸을 돌리고는 머리를 숙였다. 태수는 칼을 들고 부드러운 머리카락을 잘라냈다. 목덜미에서부터 이마까지. 가벼운 솜털처럼 머리카락들이 식탁 위로 떨어졌다.

소녀의 머리카락은 빨간색이 아니라고 요켈은 생각했었다. 빨간색이기보다 오히려 금색에 가까웠다. 마을에는 십자가를 긋는 늙은 여자들이 있다. 그러니까 빨간 머리카락은 사악한 악령의 불길이라며, 이런 머리카락은 지옥에서 자란다고 말하고 다녔다. 마을에 그런 사람들이…….

순간 요켈은 카타리나를 만지는 누구든, 목을 따버릴 것이라고 생각한다.

어머니가 딸의 손을 계속 쓰다듬고 있었지만 요켈은 마치 자신이 그렇게 해주는 듯한 느낌이 들었다.

마침내 아버지가 칼을 식탁에 내려놓았다. 그런 다음에 부모는 딸아이를 낡은 천으로 변장시켰고 하얀 볼에는 굴뚝에서 가져온 검댕을 발라주었다. 요켈은 안심이 되어 고개를 끄덕였다. 언뜻 보면 저렇게 못생긴 인물을 어린 소녀로 간주할 군인은 아무도 없을 게 분명했다.

태수가 식탁을 옆으로 밀고 바닥에 있는 문을 열고, 카타리나를 밑으로 내려보냈다. 요켈이 몸을 쭉 뻗자 카타리나의 손만 겨우 보였다. 곧이어 소녀는 비좁은 창고로 사라졌다. 바닥에 나 있는 문이 닫혔고 카타리나의 부모는 지푸라기로 입구를 막아 알아보지 못하게 만들었다.

요켈은 안심이 되었다. 이제 카타리나는 강가에서 야영을 하고 있는 군인들의 위험으로부터 안전하다.

무두장이의 아들은 왔던 길을 돌아나가서 떼놓았던 판자 두 장을 다시 붙여놓았다. 에게부시 마을은 그야말로 고요했다. 저녁 무렵의 어렴풋한 빛은 집들을 실루엣처럼 보이게 했다.

요켈은 숨을 헐떡거리며 오두막집, 마구간, 작업장 주변에 빙 둘러진 나지막한 담에 이르렀다. 소년은 단숨에 담을 뛰어넘었다.

마구간은 열려 있었다. 마리아는 염소의 뿔을 꼭 잡고 있었다. 쇠약해진 짐승 곁에 아버지는 무릎을 꿇고 젖을 짜고 있었다. 염소의 젖에서 아주 가느다란 줄기만이 흘러나와 평평한 사발에 떨어졌다.

"어디를 그렇게 돌아다니는 게냐?" 크리스토프 마르카르트는 아들에게 불퉁하게 말했다. 요켈은 마구간 문 곁에 조용히 서 있었다.

"넌 우리를 도와야 할 게 아니냐?" 아버지의 목소리는 더 커졌다. "너희들은 하루 종일 숲에 있었는데도 집에 아무것도 가져오지 못했어."

마리아가 잽싸게 오빠를 살짝 훔쳐보고 나서 두둔했다. "하지만 아빠. 그들이 요켈을 두들겨 팼단 말이에요."

크리스토프 마르카르트가 씁쓸하게 웃었다. "아이들하고 아낙네들한테서!"

무두장이가 염소젖을 너무 격하게 짜는 바람에, 염소는 무두장이의 손이 있는 쪽으로 뒷걸음질쳤다. "도대체 우리는 어떻게 되려는 건지?" 아버지는 머리를 천천히 흔들었다.

요켈은 몸을 돌려서 오두막으로 갔다. 그는 자신을 방어할 수 없었다. 아버지의 목소리에 묻어나는 절망으로 요켈은 입을 다물 수밖에 없었기 때문이다.

오두막에서는 어린 동생들이 키득거리는 소리가 흘러나왔다. 요켈은 문을 들어올렸다. 그때 막 발렌틴은 돌로 만든 아궁이 앞으로 목을 쭉 빼고, 삼발이에 걸어둔 도가니 안을 들여다보던 중이었다. 어머니 울술라 마르카르트는 나무 국자로 죽을 젓고 있었다. "조심해라, 발렌틴. 까닥하다가는 너도 같이 끓일라!" 그녀는 미소를 머금고 열 살짜리 아들의 머리카락을 불 가까이에서 밀어냈다.

"고기야." 엘리자베스가 키득거렸다. "그러면 오늘 우리는 고기를 먹는 거지 뭐." 그러자 발렌틴이 누나에게 달려들어 둘은 점토로 만든 바닥을 뒹굴었다.

요켈은 어머니가 도가니 위를 올려다볼 때까지 조용히 쳐다보기만 했다.

"오늘은 어땠어요?" 요켈이 조심하며 물었다.

"내 배를 차는구나." 울술라 마르카르트는 한숨을 내쉬었다. "군인들이 이곳에 올 때, 아이가 나오지 않았으면 좋겠다는 생각뿐이다."

요켈은 깜짝 놀라서 침을 꿀꺽 삼켰다. 그런 가능성에 대해서 소년은 한 번도 생각해보지 않았던 것이다. "몸은 어때요?" 아들은 다시 물었다. 어머니는 걱정스레 묻는 장남의 눈을 사랑스럽게 쳐다보았다. "오늘은 아닐 거야, 그래, 내일은 몰라도." 그녀는 장작을 쌓기 위해 아궁이 양측에 만들어둔 선반 가운데 오른쪽에서 장작을 집어 불 속에 넣었다.

요켈은 한동안 어머니를 물끄러미 바라보았다. 그런 다음 소년은 자리를 떠나 가장 구석으로 걸어갔다. 구석에는 잡초더미를 채워둔 자루가 깔려 있었다. 이곳이 바로 가족 모두가 잠을 자는 곳이다.

어린 레온하르트가 판자벽에 거의 몸이 닿을 듯한 곳에 웅크리고 앉아 있었다. 녀석의 두 손은 누더기 같은 이불 사이에서 꺼내든 주름진 손을 감싸 안고 있었다. 어두침침한 시야와 연기 가득한 공기에 익숙해지자, 요켈은 할머니의 초췌한 얼굴을 알아볼 수 있었다. 할머니는 눈을 뜬 상태에서 들보가 보이는 천장을 멍하니 응시했다.

"할머니는 나랑 말을 안 해." 어린 녀석이 불평을 터뜨렸다. "신음소리만 내."

요켈은 고개를 끄덕였다. "할머니는 곧 돌아가실 거야."

"왜?" 여섯 살 먹은 레온하르트는 그렇게 물으면서 힘없는 할머니의 손을 마구 흔들었다.

"할머니는 늙으셨거든." 그때 요켈은 갑자기 숲에 버려졌던 군인의 아이가 떠올랐다. 그 아이는 죽은 지 이미 오래되었던 거야! 그런 생각이 머리를 휙 스쳐 지나갔다. 요켈은 흑사병에 대한 생각을 머리에서 떨쳐버리려고 애를 썼다. 하지만 레온하르트는 병자를 만졌고 그 아이의 입에서 흘러 나왔던 피를 닦아주기도 했다. 아냐, 레온하르트는 병에 전염되지 않았을 거야. 그러면 안 돼! 요켈은 아랫입술을 꼭 깨물었다. 하지만 입술을 아무리 아프게 깨물어도 두려움은 사라지지 않았다.

판자로 만든 식탁 한가운데에는 죽 냄비에서 김이 모락모락 나고 있었다. 무, 풀씨, 약초를 넣어 끓인 죽이었다. 식탁이 높아서 어린 녀석들은 커다란 통나무 위에 걸터앉았고, 어머니와 아버지, 마리아와 요켈만이 등받이 없는 의자에 앉았다.

크리스토프 마르카르트가 식탁 맞은편에 앉은 아내에게 고개를 끄덕이자 모두들 손을 모았다. 발렌틴은 아버지에게 부탁이 있는 듯 애절하게 쳐다보았다.

"알았다. 그렇다면 교회지기한테서 네가 배운 것을 한번 보여주도록 해라." 무두장이는 말없이 간절하게 바랐던 아들의 소원을 들어주었다.

열 살 먹은 발렌틴은 상체를 꼿꼿하게 세우고 꼭 잡은 손을 내려다보았다.

"주님, 당신의 부드러운 손을 내밀어주십시오!
모든 눈빛은 당신을 향해 있사옵고,
존재하는 모든 것의 주인이신 당신은,
창조자이자 우리를 보살펴주시는 분이십니다."

발렌틴은 숨을 들이켰다. 그런 뒤 아이는 조금 전보다 더 맑은 목소리로 기도를 계속했다. 나름대로 낱말의 운까지 맞추었다.

"주께서는 지금까지 저희에게 일용할 양식을 주시었고,
우리가 필요한 것을 우리에게 허락하시었고,
만일 우리가 믿음으로 간절하게 기도를 하면,
앞으로도 그렇게 하실 것입니다."

막내에게 기도는 너무 길게 느껴졌다. 녀석은 천천히 숟가락을 접시 위에서 대접으로 가져가더니, 숟가락을 더 꼭 잡고서는 대접의 가장자리 위로 들어올렸다. 기도를 중간에 멈추게 하지 않고, 아버지 크리스토프 마르카르트는 어린 아들의 손을 때렸다. 레온하르트는 죄책감에 숟가락을 내려놓고 손바닥을 모은 다음, 이마를 찌푸리면서 어렵사리 두 눈을 감으려고 노력했다.

발렌틴은 다시 낭송을 했다. 이번에는 속도가 더 빨라졌다.

"저희를 배부르게 하시되, 적당하게 배부르게 하시고,
저희는 주님의 자비심에 감사할 것이며,
맛있게 먹으면서도,
가난한 자도 살아야 한다는 것을 결코 잊지 않을 것입니다."

열 살짜리 소년의 얼굴에서 빛이 났고, 스스로에게 감탄한 나머지 소년은 그만 기도의 마지막 말을 잊고 말았다.
"아멘." 기도를 끝맺는 말은 식구들이 잠을 자는 곳에서 흘러 나왔다. 한순간 모든 식구들이 할머니가 계시는 쪽으로 머리를 돌렸다. 그런 뒤 아이들은 기대에 부풀어 아버지의 손을 뚫어지게 쳐다보았다. 마침내 아버지가 자신의 숟가락을 들어 죽 속에 넣었다. 그 다음으로 어머니가 숟가락으로 죽을 떴고, 그리고 나서야 아이들이 먹기 시작했다.

마리아는 죽어가는 환자가 누워 있는 곳을 흘깃 보았다. "할머니한테 한 접시 드리면 안 될까?" 마리아는 어머니에게 부탁했다.

"우선 우리가 다 먹고 난 다음."

"하지만 할머니는……" 마리아는 화를 냈다.

"마리아!" 어머니가 나무라는 목소리로 딸을 불렀다. 딸은 어머니의 말을 따랐고 그러고는 침묵했다.

무두장이는 말없이 눈썹을 들어올렸다. 그는 식사 중에 말하는 것을 좋아하지 않았다. 물론 최근 몇 년 동안 모든 법칙이나 규정들이 전쟁이라는 소용돌이 속에 휩쓸려가버렸지만, 무두장이는 아버지로부터 물려받은 원칙들을 자신은 물론 가족 전체가 지켜나가도록 노력했다. 기도를 드리는 것이나, 마을의 교회지기이자 교사인 마티아스를 자식들이 부정기적으로나마 방문하는 것도 그러한 원칙 중 하나였다. 폭력과 굶주림이 그를 고통스럽게 압박하고, 양심과 믿음이 점점 속을 후벼파더라도, 크리스토프 마르카르트는 마지막으로 가지고 있는 의식들을 포기하지 않았다.

아버지와 어머니가 먹을 만큼 먹어서 숟가락을 놓지 않는 한, 아이들은 부모님이 숟가락을 입에 넣을 때까지 참고 기다려야만 했다. 그리고 난 다음에야 비로소 다섯 아이들이 들고 있던 나무 숟가락으로 동시에 죽을 퍼먹었다. 요켈은 숲에서 잡았던 쥐들을 생

각하자 애가 탔다. 쥐 고기를 죽에 넣었더라면 훨씬 맛이 좋았을
텐데.

나무 숟가락이 달그락거리는 소리는 아주 먼 곳에서 울리는 총
성으로 중단되었다.

식구들은 누구나 할 것 없이 오두막으로 들어오는 문과 헝겊으
로 덮어둔 창문을 뚫어져라 바라보았다. 다음 순간에 무두장이가
자리에서 벌떡 일어났다. "여보, 아이들을 데리고 작업장에 가 있
어!" 짧막한 명령이었다. "마리아, 너는 할머니가 덮고 있는 이불
을 둘둘 말아두고, 무두질하고 버린 쓰레기 옆에 가만히 누워 있거
라. 절대 움직여서는 안 돼!"

요켈은 벽 선반 밑에 매달아둔 커다란 칼들을 집어 들었다. 하
나는 자신이 들고, 다른 하나는 아버지에게 건넸다.

어머니 울슐라가 제일 먼저 숟가락을 무로 끓인 남은 죽에 던져
넣고, 대접을 들었다. "자, 빨리!" 그녀는 고함을 지르고서는 세 아
이들과 함께 밖으로 사라졌다. 마리아는 누더기 이불을 망토처럼
둘둘 말아놓고 그 뒤를 따랐다.

무두장이는 단번에 재를 모아둔 재받이 상자를 화덕에 비우고,
요켈과 함께 마구간으로 달려갔다. 그들은 소리를 크게 지르는 염
소를 억지로 밖으로 끌고 나와서, 주둥이를 가죽끈으로 묶고 발도
가지런하게 묶은 다음, 잔뜩 겁에 질려 있는 동물을 오두막 뒤로 들

고 갔다. 여기에서 그들은 마른 가지와 오래된 나뭇잎으로 염소를 덮어두었다.

"이제 지붕으로 가자!" 무두장이가 나지막하게 말했다. 아버지와 아들은 위로 올라가서 풀로 지붕을 씌운 오두막 위에 납작 엎드렸다.

말발굽 소리가 큰길에서부터 점점 가깝게 다가오고 있었다. 숨을 한 번 들이쉴 때마다 소리는 점점 커졌다. "교회 종이 지금까지 있었더라면!" 무두장이가 화를 내며 말했다. "마을 사람들 모두가 총소리를 듣지는 못했을 게다. 우리가 위험을 알려야만 해." 그는 상체를 일으켜 사방을 향해 고함을 질렀다. "군인들이 오고 있어!"

위험을 알린 그의 외침은 이웃한 골목길을 지나 더 멀리까지 전해졌다.

"군인들!" 교회에서 들려왔다. "군인들이 오고 있다!" 마침내 마을의 북쪽 끝에서 위험을 알리는 고함소리가 들려왔다.

그러고 나서 에게부시 마을에는 모든 것이 마비된 것 같은 정적이 흘렀다. 말발굽 소리도 들리지 않았다.

"무슨 일이지? 말을 타고 멀리 갔다는 건가?" 요켈은 믿을 수 없다는 듯 신음소리를 냈다.

"계속 누워 있어!" 아버지가 다급하게 속삭였다. "그들은 다시 올 거야. 횃불을 들고 말이야……."

아버지는 더 이상 말을 할 수 없었는데, 말들이 막 광장으로 나 있는 길 위로 뛰어 올라오고 있었기 때문이다. 어두워서 기수들을 제대로 알아볼 수 없었다. 달랑 활활 타오르는 횃불들만 다가오는 것 같았다. 부대의 규모는 크지 않았는데, 불안한 불빛들이 그렇게 흩어진 모양새는 아니었다. 골목마다, 집집마다 군인들은 횃불들을 비추어보았다. 마치 사냥감의 냄새를 쫓는 개들처럼.

그러고 나서 그들은 어떤 집 앞에 모였다. 이제야 무장을 한 군인들의 형상을 어렴풋이 알아볼 수 있었다. 그들 가운데 세 명이 말에서 뛰어내려 집 안으로 들어갔다. 요켈은 나무가 덜커덩거리고 부서지는 소리를 들었다.

갑자기 한 남자가 고함을 질렀고, 중단하라는 위협을 받았는지 일순간 조용해졌다. 이제 집에서는 연속적으로 크게 웃는 소리만이 흘러 나왔다.

"오, 주여! 저들은 악마들입니다!" 크리스토프 마르카르트는 숨을 헐떡거렸다. 그는 팔로 아들을 꼭 껴안았다. "만약에 내가 더 이상 살지 못하면, 요켈!" 아버지는 낮은 소리로 귓속말을 했다. "제발 나에게 약속해다오. 어머니와 마리아를 죽여라. 저런 늑대 같은 놈들의 손에 들어가기 전에. 그리고 동생들도 모두 그렇게 해다오."

요켈은 머리를 거칠게 흔들었다. "아냐, 아빠. 다들 숲으로 데려갈 거야. 아냐, 절대 그럴 리가 없어!"

건장한 남자는 거친 손가락 끝으로 아들의 입을 다물게 했다. "조용히 해! 넌 용감한 소년이다. 식구들이 고통을 당하도록 내버 려둬서는 안 돼."

요켈은 고개를 끄덕였다. 소년의 눈이 딱 벌어졌다.

또다시 날카로운 고함소리가 들려왔는데, 이번에는 이웃에 있 는 골목길에서였다.

여자 목소리였다! 남자들이 거칠게 외치는 소리가 크게 들렸고, 고함은 고통스럽게 그르렁거리는 숨소리로 변했다.

바로 근처에서는 큰길에서 옹기그릇이 깨지고, 나무들이 부서 졌다. 그리고 여자가 그르렁거리는 숨소리는 남자들의 거친 소리에 점점 희미해졌다.

요켈은 울었다. 소년은 지붕을 이을 때 쓰는 널판에 칼을 찔러 넣고 손잡이를 움켜잡고 있었다. 아무런 대응도 할 수 없는 상태가 소년을 절망으로 몰고 갔다.

"제발 조용히 해! 제발! 저들에게 발각되어서는 안 돼!" 아버지 가 사정을 했다. 아버지의 목소리에는 침울함이 묻어 있었다.

그때 횃불이 다가왔다. 큰 말을 탄 기수였다. 숨을 쉬지 않자 요 켈의 눈물도 바짝 말라버렸다. 이제 그들은 담 바로 곁으로 다가왔 다. 한순간 무리들은 의견 일치를 보지 못한 것 같았다. 고함소리. 대답과 머뭇거림. 몇몇 기수들이 결단을 내리고 먼저 말을 몰았고,

그 뒤를 다음 기수들이 따랐다. 하지만 병사 한 명은 담 곁에 남아서 횃불을 들고 있었다.

'휙!' 하는 휘파람 소리에 말은 낮은 담 위로 뛰어올랐다.

요켈과 아버지는 이끼가 돋아나 있는 지붕에 얼굴을 맞대고 있었다. 그들은 말이 코로 씩씩거리는 숨소리를 들었다. 병사가 말에서 내렸을 때 칼이 찰랑이는 소리도 들렸다. 단 한 걸음에 문이 열렸다. 식탁이 넘어졌다.

조용했다.

냄비들이 덜거덕거리며 앞마당으로 굴러 나왔을 때 요켈은 움찔했다.

다시 조용해졌다.

점토질로 바닥을 만들었기에 군인들이 돌아다녀도 발자국 소리는 들리지 않았다. 그런데 갑자기 고함소리가 들려왔다. "야, 노파! 여기서 당장 나가!"

할머니! 요켈의 머리에서 망치질하는 소리가 들렸다.

기수는 욕설을 내뱉고는 오두막을 나왔다. 요켈은 고개를 들고 보았다. 용병은 한 손에는 횃불을 높이 들고, 다른 손으로 늙은 할머니의 목 부분을 꽉 붙들고 있었다.

"다들 어디 갔어?" 사내는 고함을 지르면서 가냘픈 노파를 마구 흔들었다.

"하늘에 계신 아버지시여!"

"어디 있느냐고? 방금 뭘 처먹은 거야?"

"당신의 이름을 거룩하게 하시고!" 떨리는 목소리는 끊어지지 않았다.

"그만해!"

"우리의 죄를 사하여 주시고!"

"그만하지 못해!" 남자는 정신이 나간 것처럼 고함을 질렀다.

"우리가 우리의 죄인을 용서해주듯이."

사내는 횃불로 노파의 머리를 내리쳤다. "그만하라고!" 그리고 같은 말이 몇 차례 반복되었다. 횃불에서 떨어져 나온 검정불꽃이 주변으로 날아다니며 앞마당 전체로 흩어졌다.

할머니는 작은 불꽃들 사이에 쓰러져 있었다.

이내 병사는 다시 안장에 앉았고, 말을 몰아 살인을 저지르고 다니는 무리들을 따라갔다.

요켈은 벌떡 일어서려고 했으나, 아버지는 아들을 꾹 눌렀다. "아직은 아냐. 저들이 다시 돌아올지도 몰라." 무두장이가 나지막한 소리로 말했다.

"할…… 머…… 니", 요켈은 말을 더듬거렸다.

"돌아가셨어." 아버지는 천천히 이마를 훔치며 말했다. "방금 전에 돌아가셨어……. 어머니."

"할머니는 우리를 배반하지 않았어요." 요켈은 횃불에서 떨어져 나온 시커먼 조각들이 아직 불꽃을 피우며 날아다니는 아래를 내려다보았다.

잠시 후 또다시 소음이 들렸다. 근처에서 들리는 소리였다. 승리의 고함소리와 함께, 불꽃들이 밤하늘에 연기구름을 몰고 왔다. 불길은 기다란 혓바닥으로 벽을 핥았으며 바작거리고 깨지는 소리를 내며 나무들을 집어삼켰다. 순식간에 오두막은 커다란 횃불로 변해버렸다.

요켈은 무리들이 매복해 있다가 골목 끝으로 돌아가는 모습을 지켜보았다.

"저들은 불길을 피워서 모든 사람들이 밖으로 나오고, 불길이 꺼지기를 기다려. 불길이 우리를 더 이상 숨어 있지 못하게 한다는 거야." 크리스토프 마르카르트는 격분한 채 고개를 끄덕였다.

하지만 에게부시 마을 사람들은 군인들이 무슨 나쁜 일을 꾸미는지 다 알고 있었기에 누구 하나 나오지 않았다. 오로지 쥐들만이 날카로운 소리를 내며 불이 난 곳을 떠나 사람이 살지 않는 옆집으로 빠져나갈 뿐이었다. 이날 밤은 바람이 그다지 불지 않아서 불길은 오두막 한 채에서 끝이 났다.

그러자 기수들은 분노에 찬 괴성을 질러댔다. 그들은 집들을 가리지 않고 쳐들어갔고, 가재도구를 부수고, 필요한 물건들을 가져갔다. 몇몇은 마을의 우물 뚜껑을 떼어내었고, 또 몇몇은 시체들을 우물 가장자리에 얹어놓고 토막토막 내었다. 그들은 시체 토막을 우물 속에 집어넣었다. 잔인한 짓을 하자 그들의 분노도 누그러졌고, 괴성은 이제 거친 웃음소리로 변했다.

교회 뒤에서 총성이 들렸다. 병사들은 놀라서 시체 토막을 우물가에 밀쳐버리고, 총성이 들려왔던 방향으로 말을 달렸다.

다시 한 번 괴성과 웃음소리가 쏟아지더니, 말발굽 소리는 에게부시를 떠나 큰길로, 숲의 가장자리로 점점 약해졌다.

요켈과 아버지는 마비된 것처럼 오두막 지붕 위에 누워 있었다. 군인들의 소리가 더 이상 들리지 않자, 그들은 천천히 몸을 일으켰다.

불타고 있는 오두막의 불빛은 계속 피어올랐고 나무 타는 냄새가 진동했다.

에게부시 마을 사람들은 너무나 놀라 자신들의 집 안에 그대로 틀어박혀 있었다. 밤사이 일어난 끔찍한 일로부터 피해를 입지 않은 남자들과 여자들은 감사하는 마음으로 서로를 부둥켜안았다. 어머니들은 어린 자식들을 안아서, 피곤하여 잠에 떨어질 때까지 몸을 따뜻히 해주었다. 아버지들은 숨겨놓았던 가축들을 꺼내었고 아이들은 쑥대밭이 된 집 안에서 그나마 쓸 만한 가구나 부엌기구들을 찾아 모았다.

크리스토프 마르카르트는 돌아가신 자신의 어머니를 작업장까지 들고 갔다. 그는 어머니에게 양가죽을 덮은 다음, 어머니 시신 곁에 움직이지 않고 조용하게 앉아 있었다.

요켈과 마리아는 촛불 아래에서 할 수 있을 만큼 집 안을 다시 정리했다. 그리고 열다섯 살 소년은 곧장 밖으로 나갔다.

소년은 골목길을 서둘러 달렸다. 카타리나! 소년은 두려움에 차서 이 이름밖에 생각나지 않았다. 부서진 살림도구와 남겨진 통을 넘어, 시커먼 창문들과 대문을 지나, 소년은 마침내 태수의 집에 도착했다.

대문은 온전했다! 군인들이 대문을 부수지 않았던 것이다. 요켈은 안도감으로 대문에 이마를 기대었다. 그녀에게는 아무 일도 일어나지 않았어. "카타리나", 요켈은 중얼거렸다. 이 이름은 얼마나 아름다운지.

10월 4일 아침은 머뭇거리며 날이 샜다. 금요일인 이 날은 동쪽에는 가느다란 구름이 줄줄이 늘어서 있었고 들판과 언덕 위에는 하얀 안개가 펼쳐져 있었다.

에게부시는 마을 전체가 기절이나 한 듯 조용했다. 타서 숯처럼 변해 무너져버린 오두막의 대들보 사이에서 아직 연기가 피어오르고 있었다.

교회지기는 성큼성큼 묘지의 담을 따라갔고, 사방을 둘러보며 무덤들을 샅샅이 찾았다. 그의 얼굴에는 근심과 절망이 서려 있었다.

그의 아내 엘자 호베는 숨 가쁘게 장터로 갔다. 그녀의 시선은 불안으로 가득 찬 채, 부서진 상자들, 그릇조각들 그리고 휘어진 부엌 살림살이를 미끄러져 내려갔다. 약탈이 남겨놓은 잔해들. 그러고 나서 그녀의 두 눈은 마을 우물과 내던져진 우물 뚜껑을 포착했다. 두려움에 떨며 그녀는 그곳으로 달려갔다. 우물가에서 피투성이를 보자, 그녀는 흐느끼며 나무 뚜껑 위에 주저앉고 말았다. "안네…… 내 아이."

묘지에서 마티아스는 아내가 쓰러지는 모습을 지켜보고 그녀에게 급히 뛰어갔다. 엘자는 피가 낭자한 곳을 손가락으로 겨우 가리키고는 손으로 얼굴을 감쌌다. 교회지기는 증오심에 차서 주먹을 불끈 쥐었다. 검은 피가 마치 도살장에서처럼 돌에 덕지덕지 들러붙어 있었다.

"아냐, 안네가 아닐 거야." 그는 머리를 세차게 흔들었다. "그놈들은 즉시 말을 타고 가버렸어. 이곳에 더 이상 오지 않았다고."

이제 그는 우물의 입구로 다가갔다. 심한 악취로 숨을 쉬기조차 힘들었다. 그는 서로 엉켜서 알아보기 힘든 시체들 틈에서 갈기갈기 찢어진 바지를 찾아냈다.

용병들은 집 앞에서 윗도리를 벗겼었다!

교회지기는 그 바지를 재빨리 들어올렸다. 그것은 남자의 바지였다. "엘자!" 그는 소리를 질렀다. "엘자!" 눈물이 그의 두 눈에서 주루룩 흘러내렸다. 그의 아내가 고개를 들어 쳐다보았다.

"이건 안네가 아니야." 그는 증거로 아내에게 피가 잔뜩 묻은 찢어진 천조각을 들어 보이더니, 힘없이 떨어뜨렸다.

"그렇다면 우리 아이는 어디 있는 거죠?" 엘자는 우물에서 탄식하며 자리에서 일어났다. "어디, 마티아스!? 어디에 있다는 거야?"

교회지기는 어찌할 바를 모르고 아내의 팔을 잡았지만, 거칠게 물리치는 바람에 놓치고 말았다. "어디 있다는 건가요?" 그녀는 고함을 지르며 장터를 뛰어다녔다. "어디? 안네야, 내 딸아!"

마티아스는 그녀를 겨우 잡을 수 있었다. 팔로 아내를 힘껏 감싸 안아야만 했다. "그들은 안네를 야영장으로 데려갔어. 어쩌면 우리 아이는 무사할지도 몰라." 하지만 이런 말은 위로가 되지 않았다. 엘자는 울면서 남편의 가슴에 머리를 묻었다.

"자, 이제 갑시다. 우리는 안네를 더 이상 찾을 수가 없을 거야."

부모는 지치고 희망도 없이 장터를 떠났다. 교회지기는 절망으로 아내가 힘을 잃어 쓰러질 때마다 부축해야만 했다.

토비아스는 마구간 염소 옆에서 잠자고 있는 요켈을 발견했다. 소년은 쪼그리고 앉아서 요켈의 어깨를 살짝 건드려보았다. 그러자 열다섯 살짜리 소년이 갑자기 고함을 지르며 자리에서 벌떡 일어나더니 오른손으로 마치 찌를 것처럼 칼을 쥐었다. 토비아스는 흠칫 놀라 뒤로 물러났다. 하지만 무두장이 아들은 그제야 허약한 소년이 누구인지 알아보고 한숨을 놓았다. "깜짝 놀랐잖아." 요켈은 칼끝을 바닥에 깊게 꽂았다.

토비아스는 아무 말 없이 친구 곁에 앉았다. 둘은 서로를 뚫어지게 쳐다보았다. 둘의 얼굴에는 지난밤의 기억이 마치 깊은 상처처럼 새겨져 있었다.

"할머니가 돌아가셨어." 요켈이 작은 목소리로 말했다.

하지만 토비아스는 대답하지 않았고, 입술을 꼭 다물고만 있었다. 요켈의 목소리에서 묻어 나오는 고통도 토비아스에게 닿지는 못했다. 안네에 대한 걱정 때문에 지난밤에 일어난 다른 끔찍한 일들이 귀에 들어오지 않았다.

"할머니는 우리가 어디에 있는지 끝까지 말하지 않았어." 요켈은 역청으로 만든 거대한 횃불을 보았다. 이 횃불은 바닥에 엎어져 있던 할머니를 환하게 비추었다. "할머니는 기도를 하셨어."

토비아스는 아무런 반응 없이 친구만 빤히 바라보았다. 그들은 시집갈 때 가져갈 혼수용 함 안에 숨어 있는 안네를 찾아냈다. 두 명이 그 자리에서 그녀를 밖으로 잡아끌었다. 용병들이 총을 쏘아대면서 다른 용병들을 불러 모았고 탐욕스러운 괴성이 점점 커졌을 때, 토비아스는 귀를 막아버렸다. 그 다음 군인들이 말을 모는 고함소리가 들렸다. 아버지가 밖으로 뛰쳐나갔지만, 안네는 보이지 않았다.

"안네." 토비아스는 중얼거렸다. 요켈은 깜짝 놀라서 토비아스의 어깨를 잡았다. "그러면?" 교회지기의 아들은 더 이상 자세한 말은 하지 않았다. 그저 머리를 흔들었고 말없이 입만 벌렸다.

요켈은 친구에게 소리를 질렀다. "안네에게 무슨 일이 일어났어?!"

토비아스는 속수무책으로 또다시 고개를 흔들었다. 좀 더 강한 친구가 절망에 빠진 친구를 다정하게 안고는 볼을 맞대었다. "말해봐, 제발 말해봐."

토비아스는 두려움에 온몸이 마비되는 것 같았다. "그 자들이 안네를 데려가버렸어." 두 소년은 서로를 부둥켜안은 채 앉아 있었다.

어느 정도 시간이 지난 뒤 요켈은 친구를 놓아주었다. 요켈은 손으로 자신의 눈을 닦았다. "찾으러 가자." 요켈은 맹세를 하듯 말했다. "도망쳤을 수도 있잖아. 그러니까 우리가 강가에 쳐놓은 야영지까지 추적을 해보는 거야. 어쩌면 우리가 안네를 발견할지도 몰라."

무두장이의 아들은 결단을 내리고 자리에서 벌떡 일어났고 토비아스는 주춤거리며 그의 뒤를 따랐다.

어쩌면……. 아무 소용없지만 그래도 수천 번이나 되뇌고 생각했던 말. 에게부시 마을에서 품을 수 있는 모든 희망은 바로 "어쩌면"이라는 낱말 하나로 집약되었다.

동쪽 지평선 가까이에서 길고 어두운 줄무늬를 만들고 있던 구름들은 점점 밝게 바뀌었다.

각자 막대기로 무장을 하고 두 소년은 마을의 큰길과 연결되는 골목길을 지나갔다. 아무 말 없이 길의 좌우를 자세하게 살폈다. 둘은 말발굽이 길에서 전답으로 이어지는지 아니면 목초지로 이루어진 언덕으로 향하는지를 주의 깊게 살폈다.

순간 토비아스는, 움푹 파인 곳에서 지금까지와는 다른 흔적을 찾았다고 믿었다. 하지만 요켈은, 어제 세 명의 기수들이 바로 이 자리에서 말을 세우고는 마차를 뒤쫓기를 포기했던 것을 기억해 냈다.

두 소년은 숲 가장자리까지 가는 구역의 절반을 수색한 뒤에, 그 자리에 멈추었다. 그들은 긴장한 상태로 뒤편에 있는 계곡을 바라보았다. 목초지에 움푹 파인 구덩이뿐만 아니라 파헤쳐진 전답에 여러 개의 섬처럼 흩어져 있는 쐐기풀에서도 안네의 흔적이나 표식을 발견할 수 없었다.

요켈은 에게부시 마을로 들어가는 서쪽의 입구를 가리켰다. "저기, 토비아스. 저기 누군가 도망을 치고 있어."

너무 멀리 떨어져 있어서 두 소년은 그 사람들이 누구인지는 알 수 없었다. 남자 한 명과 여자 한 명임은 분명했다. 그들은 손수레를 끌고 가고 있었다. 수레에는 두 개의 커다란 상자가 실려 있었고, 색을 칠한 상자들은 아침 햇살을 받아 빛나고 있었다.

"저들은 집과 가구, 모든 걸 남기고 떠나는 거야. 옷가지랑 부엌 살림살이 몇 가지만 챙겨서……."

요켈은 급히 손수레를 끌고 울퉁불퉁한 길을 가는 그 사람들을 한동안 지켜보았다. 에게부시를 떠나고 싶었던 적이 얼마나 많았던 지. 그냥 떠나버리는 것 말이다.

"정말 운이 좋아야 노상강도를 피해서 도시까지 갈 수 있어." 그의 아버지는 거절하는 손짓을 했다. "게다가 보초병들이 우리를 도시 안으로 들여보내줄지도 알 수 없는 일이야. 도시에 사는 자들은 성문을 폐쇄하고 우리에게 총을 쏠 게다. 도시 사람들도 군인들에게 약탈당하겠지. 남부나 서부 지역에서 올라오는 무리들이 분명 그냥 지나가지는 않을 테니까. 서민들만 먹을 게 없어. 그러니 에게부시를 떠나지 않는 게 옳다. 여기가 바로 우리 집이야."

집…….

요켈도 사실 가죽 만들 때 들어가는 명반석이나 용액 냄새를 맡지 않고 사는 삶을 상상하기 어려웠다. 오늘 아침은 길을 떠나기에 좋은 날이다. 어디로 가야할지 생각하지 않고 훌쩍 떠나기에는.

토비아스는 불안한 듯 들고 있던 막대기를 큰길에 있는 돌에 대고 탕탕 두들겼다. "가자, 요켈. 계속 가야 해."

요켈은 머릿속으로 그런 생각을 떠올리면서 친구에게 고개를 끄덕였다. 그들은 계속해서 숲을 향해 올라갔다.

"떠나고 싶어?" 열다섯 살 소년, 요켈이 교회지기의 아들에게 물었다.

"떠나다니?"

"내 말은, 집을 완전히 떠나는 거."

토비아스는 머리를 흔들었다. "엄마 아빠가 함께 간다면 그렇게 할 거야. 안네도……." 그는 말을 잇지 못했다. 누이에 대한 걱정이 파도처럼 또다시 밀려왔다. 요켈은 깜짝 놀랐다. 어디론가 훌쩍 떠난다는 생각에 빠져 있다 보니 어느새 안네에게서 멀어져 있었기 때문이다.

길이 꺾어지는 곳에서 말발굽의 흔적이 길 위에서 덤불로 빠져나갔다. 발에 짓밟힌 월귤나무 덤불 사이에 발가벗은 소녀가 누워 있었다.

안네는 꼼짝도 하지 않았다.

두 소년은 너무나 놀라 한참을 그대로 서 있었다. 토비아스는 누이를 보았으나 뭔가 할 수 있는 상태가 아니었다. 잠시 후 토비아스는 누이의 머리 옆에서 피가 묻어 있는 주먹만한 돌을 발견했다. 갑자기 오빠의 눈에 현실이 들어왔다. 여동생의 이마, 눈꺼풀, 얼굴 전체가 푸른색과 붉은색을 띠며 부풀어 올라 있었다. 얼굴뿐만 아니라 그런 자국들이 온몸을 덮고 있었다. 허벅지 아래에는 피가 홍건히 묻어 있었다.

저건 안네가 아니야, 토비아스는 도무지 현실을 인정할 수가 없었다. 믿을 수 없다는 듯 그는 유린당한 안네에게 다가가서 무릎을 꿇고 앉았다. 누이는 여전히 집에 있을 것이란 생각이 머릿속을 가득 메웠다.

"안네!" 오빠가 조용히 여동생을 불렀다. 요켈도 안네의 곁에 무릎을 꿇고 앉았다. 그리고 조심스럽게 안네의 주먹 쥔 손을 만졌다. 손은 느슨하게 쥐어진 상태여서 요켈은 쉽게 주먹을 펼 수 있었다. 요켈이 희망에 차서 친구를 쳐다보았다.

"살아 있는 것 같아."

토비아스가 소스라치며 안네의 다른 손을 잡았다. "안네, 내 말 들려?" 오빠가 조르듯 물었다.

"안네." 찢어진 입술이 움직였다. "깨어나!"

요켈이 피가 묻은 누이의 귀에다 자신의 입을 바짝 가져다댔다. "안네, 안네!" 소년이 애원했다. 부어오른 눈꺼풀이 움찔하더니 아주 약간 올라갔다.

"요켈." 소녀가 작은 목소리로 말했다.

"살아 있었어." 토비아스는 흥분하여 누이의 얼굴에 몸을 숙였다.

"토비아스," 안네는 입을 벌리고 힘겹게 숨을 내쉬었다. "추워. 난 너무 피곤해."

오빠는 얼른 자리에서 일어나더니, 떨리는 손으로 입고 있던 윗도리를 벗었다. 소년은 윗도리를 애정 어린 마음으로 누이의 몸에 덮어주었다. "곧 따뜻해질 거야."

안네는 미소를 지으려고 했다. "몸이 안 움직여져. 나는 잠을 자야겠어."

요켈은 안네의 머리를 마구 흔들었다. "안 돼, 안네. 자면 안 돼." 그는 소녀의 오빠, 토비아스에게 진지한 눈길을 보냈다. "우린 안네가 자게 내버려둬선 안 돼. 절대 안 된다고."

토비아스가 안네의 머리를 조심해서 쓰다듬다가 손가락이 머리카락에 걸렸다. 손가락 끝은 젖어 있었고 따뜻했다. 서서히 소년은 피 묻은 손가락을 접고, 마른 피가 덕지덕지 묻어 있는 돌을 빤히 바라보았다.

토비아스는 놀라서 손바닥만한 크기의 상처를 살펴보았다. 하지만 안네가 중얼거렸다. "아프지는 않아. 토비아스, 그런데 왜 나는 움직일 수가 없는 거지?"

요켈이 급히 일어났다. "내가 달려가서 도와줄 사람들을 데리고 올게. 들것도 가져오고 말이야. 토비아스, 안네가 잠들지 않도록 해."

토비아스는 고마운 마음으로 친구를 바라보았다. "응, 잘 보살필게."

무두장이의 아들은 들고 왔던 막대기를 바닥에 내려놓고는 길이 꺾어지는 곳까지 뛰어가서 에게부시 마을이 있는 아래쪽으로 다시 달렸다.

10월의 태양은 동쪽 언덕 위에 올라가 있고 햇빛은 이미 숲 가장자리의 자그마한 공터에까지 비추고 있었다.

토비아스는 옷도 입지 않고 누이 곁에 무릎을 꿇고 있었다. 소년은 심하게 찌그러진 누이의 얼굴만 빤히 보고 있었다.

입술은 왜 저렇게 찢어진 거며, 딱딱한 빵 껍질마냥 왜 저렇게 부풀어 올랐을까?

토비아스는, 자신과 누이가 너무 추워서 부둥켜안고 차가운 코를 서로 비벼대며 키득거리던 겨울밤을 느꼈다. 그런데 이제 그녀의 입 주위는 형체도 없이, 부풀어서 피만 흐르고 있었다.

이런 새로운 현실이 아직 받아들여지지 않았다. 소년의 시선은 절망에 차서 절반만 덮어둔 누이의 몸으로 미끄러졌다. 상처들을 보자 오빠의 가슴이 찢어졌다. 소년은 아마포 윗도리를 좀 더 밑에까지 끌어내려 하체를 감싸주었다. 마치 그렇게 하면 끔찍한 일이 누그러지기라도 하듯.

"잘될 거야, 안네." 토비아스는 자신도 확신을 갖고 싶었다. "요켈이 사람들을 데리고 올 거고 엄마가 널 다시 건강하게 만들어줄 거야. 너는 잠만 자지 않으면 돼." 소년은 누이의 팔을 사랑으로 쓰다듬었다.

안네가 다시 입을 열었다. "너무 목이 말라."

물? 토비아스가 절망하여 월귤나무 위를 올려다보았다. 이렇게 높은 곳에는 시냇물이 없어.

물! 안네는 물을 마셔야 해. 토비아스는 머리가 아프도록 궁리를 해보았다. 물은 오로지 마을에만 있었다.

급한 김에 토비아스는 손에 자신의 침을 뱉어서, 손가락에 침을 묻혀 안네의 혀끝을 적셔주었다. 안네는 할 수 있는 만큼 입을 크게 벌렸다. 혀가 바르르 떨렸다. 토비아스는 계속 혀끝에만 침을 발라주었다.

하지만 그것은 너무나 적은 양이었다. 마침내 소년은 안네의 찢어진 입술에 몸을 숙여서 자신의 침을 곧장 동생의 입속에 떨어뜨렸다. 안네는 침을 미친 듯이 받아 삼켰다.

하지만 잔뜩 긴장해 있던 탓에 토비아스의 입안도 금세 말라버렸다. "더 이상 나오지 않아. 조금 있다가 다시 줄게." 토비아스는 걱정하며 뒤로 물러나 앉았다.

안네는 눈을 감고 있었다.

"안네, 깨어 있어야 해."

"나, 나는 깨어 있어." 한참 뒤였다. "토비아스, 군인들은 어디 있어?"

"갔어. 야영지로 돌아갔어."

소녀는 얕게 숨을 쉬었다. 입술은 다시 말을 하려고 애를 썼다. "군인들은 왜 있는 거야?" 안네가 여기에서 물음을 멈추었다. 토비아스는 어깨를 으쓱했다. "전쟁이 있으니까."

"만일 전쟁이 없다면?"

"그러면……" 토비아스는 지금껏 그런 생각을 해본 적이 한 번도 없었다. 그는 이렇게 대답했다. "그러면 군인들도 더 이상 없겠지."

부풀어 오른 얼굴이 움찔했다.

토비아스의 머릿속에서는 생각들이 어지럽게 물결쳤다. 아주 빠르게. 소년은 말을 해야만 했다. 안네를 잠이 들게 해서는 안 된다. 갑자기 토비아스는 혼자라는 느낌이 들었다. 자신을 둘러싼 모든 것이 조용했다! 안네는 미동도 없이 누워만 있었으니까.

군인들이 더 이상 존재하지 않는다면, 어떻게 될까?

평화? 요켈의 할머니는 평화에 대해 말씀하셨다. 전쟁이 일어나기 전에는 평화로웠다고.

"전쟁이 끝나면, 그러면……" 토비아스가 한순간 머뭇거렸다. 그러고는 불확실하지만 이렇게 말을 이었다. "그러면 평화가 와."

안네가 미소를 지으며 대답을 했다. "응. 나한테 이야기를 들려줘. 나는 아직 깨어 있으니까."

요켈의 할머니는 옛날 애기를 시작하면 항상 얼굴이 환하게 빛을 발했다. "평화는 통통한 배와 발그스레한 볼을 가지고 있단다." 토비아스는 요켈의 할머니가 이 아이 저 아이를 쳐다볼 때의 그 눈빛을 기억했다.

평화는 통통한 배를 가지고 있었다. 토비아스는 안네의 목을 졸라서 생긴 반점을 쓰다듬어주었다. "안네, 있잖아. 만일 평화가 오면, 우리는 원하는 만큼 먹을 수 있어. 그래, 그렇다는 거야. 창고에 빵이 하나도 없어도 괜찮아. 매일 저녁이면 남자 둘이서 커다란 수레를 끌고 다닌대. 남자들은 하얀색 외투를 입고 머리카락은 온통 곱슬머리래."

자는지 어떤지 보기 위해 토비아스는 안네의 얼굴을 내려다보았다. "안네, 듣고 있어?"

눈을 감고 있었지만 안네는 미소를 지었다. "계속해줘. 곱슬머리 남자들이 뭘 하는 거야?" 지친 소녀는 아직 입을 벌리고 숨을 쉬고 있었다.

깨어 있어, 토비아스는 이 생각을 하자 행복했다. 나는 이야기만 계속하면 되는 거야. "하얀 옷을 입은 남자들은 저녁이면 집집마다 문을 두드린대. 아냐, 한 남자가 문을 두드리면 다른 남자는 수레를 지켜." 토비아스는 웃었다. "아냐, 둘 다 문을 두드려. 평화의 시대에는 아무도 훔쳐가지 않으니까. 자, 그러면 엄마가 문을 열어

주지. 남자들이 물어. 먹을 음식은 충분한가요?" 마지막 질문을 할 때 토비아스는 아버지처럼 말하려고 목소리를 최대한 낮추었다.

"그래, 이제." 토비아스는 얘기를 계속했다. "이제 엄마는 머리만 흔들면 되는 거야. 그러면 남자 둘이 수레로 가서 빵과 치즈, 닭 한 마리, 소시지와 햄을 가져오지." 토비아스는 상상을 하면서 고개를 끄덕였다. "그래, 햄도 반드시 가져올 거야."

안네가 뭐라고 말을 했지만, 토비아스는 알아듣지 못했다.

소년은 귀를 안네의 찢어진 입술 위에 가져다댔다.

"우유도." 소녀가 속삭였다.

"물론이지. 그 남자들은 네가 원하는 만큼 우유도 가져와." 토비아스가 확신이 깃든 복소리로 말했다.

안네의 입이 힘겹게 움직였다. "군인들은 어디 갔는데?"

토비아스는 고통에 절은 얼굴을 바라보았다. "그들은 모두 죽었지. 늙은 군인들은 모두 죽고 젊은 군인은 없어."

눈꺼풀이 파르르 떨리더니 안네는 눈을 뜨려고 애를 썼다. 아주 조금이었지만, 더 이상은 시커멓게 부푼 눈이 허락하지 않았다. "언제야? 그게 언제야, 토비아스?"

허약한 소년은 두 손을 들어 보였다. "곧. 백 년이나 아니면 2백 년만 지나면 돼. 3백 년 후에는 반드시 그렇게 될 거고. 곧 될 거야, 안네."

소녀는 천천히 눈을 감았다.

"곧." 소녀는 입으로 숨을 쉬면서 미소를 지었다.

계곡 밑에서 부르는 소리가 들렸다.

"안네, 들리지?" 토비아스가 위로했다. "이제 모든 게 좋아질 거야. 우리는 너를 집으로 데려갈 거야, 듣고 있어?"

누이는 더 이상 입술을 움직이지 않았다.

"안네!" 토비아스는 불안해서 누이를 뚫어지게 바라보았다. "계속 이야기해줄까?" 대답을 기다렸다. "아직 목이 말라? 잠은 자지 마, 내 말 듣고 있어?"

소년은 두려움에 차서 누이의 숨소리에, 심장의 고동소리에 귀를 기울였다. 하지만 모든 것이 조용했다.

토비아스는 힘없이 머리를 안네의 가슴에 대고 울었다.

돌담 안쪽 공동묘지에는 이미 오래전부터 에게부시 마을 사람들의 시신을 묻을 자리가 없었다. 그리하여 돌담의 다른 편, 그러니까 동쪽에 또 다른 묘지가 생겨나고 번성했다. 여기에는 십자가가 하나밖에 없는 무덤이 거의 없었다. 대부분 나무로 된 꽃처럼 십자가들이 아래위로 다닥다닥 붙어 있었다.

무덤을 파는 인부는 이른 아침부터 널찍한 사각형에 말뚝을 박아 경계를 표시해두었다. 이제 그는 무릎까지 흙 속에 들어가서 삽질을 했고, 파낸 흙을 구덩이 밖으로 던져서 어느새 작은 언덕이 생겨나 있었다.

죽은 사람들에게 익숙해 있던 그는 마을 사람들과는 멀리 떨어져 묘지 근처에서 살았다. 에게부시 마을 사람들 중 어느 누구도 늙은 인부가 살고 있는 작은 돌집에 자유롭게 드나들지 않았다. 아이들은 그 노인의 근처에도 가지 않았는데, 어머니들이 겁을 많이 주었기 때문이었다.

무덤을 파는 인부는 더 이상 친구도 없었다. 몇 년 전, 에게부시 마을에 가죽 벗기는 사람, 치아 뽑는 사람, 뿌리를 파는 소상인과 양치기가 있던 시절에만 하더라도, 이런 일에 종사하는 남자들은 천한 직업에 종사한다는 공통점으로 오래전에 없어진 술집에 웅크리고 앉아 시간을 보냈다. 그들은 맥주를 마셨고, 카드놀이를 했으며 웃기도 했다. 그들은 보이지 않는 문턱을 두고 수공업자나 농부 같은 정상적인 직업과 분리되어 있었다.

그런데 묘지가 점점 늘어나 돌담을 넘게 되자, 존경받던 사람들의 무덤이 교회 근처에서 영원히 쉴 수 있는 권리가 없었던 천한 사람들의 무덤과 이웃하게 되었다.

자그마한 남자는 삽에 기대어 대머리인 이마에서 흘러나오는 땀을 하얀 손수건으로 훔쳤다. 그는 뭔가를 찾는 듯 담을 바라보더니, 이어서 확장된 묘지의 경계를 따라 반원 모양으로 둘러친 나무 울타리를 바라보았다. 아무것도 없었다. 무덤을 파는 노인은 이마에 주름살을 짓더니 입으로 '휙' 하며 신호를 보냈다. 잠시 후에 그는 다시 신호를 보냈다. 마침내 앞발로 나무 울타리를 박박 긁는 소리가 나더니 털이 헝클어진 개 한 마리가 울타리 밑을 뚫고 들어오려고 버둥거렸다.

"이리 와!" 대머리 노인은 부드러운 목소리로 꾀어냈다. 스피츠는 꼬리를 흔들며 구덩이까지 달려갔다. 개는 찢어진 헝겊 조각을 물고 있었는데 구덩이 가장자리에 그 헝겊 조각을 내려놓았다.

"요 녀석, 용감한 암컷이기도 하지." 무덤을 파는 노인네는 그렇게 칭찬을 하고서 피가 잔뜩 묻어 있는 헝겊을 잠시 쳐다보았다. 그는 두 손으로 더 이상 흰 털이라고 할 수 없는 털을 쓰다듬어주었다. "그래, 녀석아, 나는 계속 일을 해야 해. 오늘은 일거리가 많거든. 점심 때가 되면 끝날 게다." 그러고 나서 노인은 곡괭이를 들어 딱딱한 땅을 내리쳤다. 개는 헝겊 조각을 꽉 물고는 마치 죽은 새를 잡기라도 한 듯 마구 흔들어댔다.

장터 위쪽에서는 몇몇 아이들과 청소년들이 여기저기 흩어진 잡동사니들을 샅샅이 찾아다니고 있었다. 아침이 되자마자 완전히 약탈당한 가족들은 그나마 쓸 만한 물건들을 찾아서 오두막으로 가져갔다. 그러고 나서 남은 찌꺼기를, 그러니까 더 이상 살아 있는 사람들에게 속하지 않는 찌꺼기를 아이들은 뒤지고 있었던 것이다.

귀리나 고기가 아니라면 에게부시 마을 사람들은 아무것도 부러워하지 않았다.

파이트를 대동하고 마을의 태수는 말을 몰았다. 마차는 천천히 좁은 길을 지나갔다. 조잡한 물레방아처럼 마차의 바퀴가 쿨렁거렸다. 마차는 사람이 살고 있는 집 앞에서 멈춰 섰다.

파이트는 주민 가운데 한 사람이 대문 밖을 내다볼 때까지 종을 흔들었다.

"모두 무사하오?" 그가 물었다. 상대가 고개를 끄덕이면, 흉터난 파이트의 얼굴은 인상이 찌푸려졌다. 울어서 퀭한 눈으로 여자나 남자가 오두막을 나와 머리를 흔들면, 관리로 일하는 파이트는 종을 마부석에 올려놓고 태수와 함께 또 다른 집이나 농장으로 향했다.

그들은 일륜 손수레에 시체를 실어다가 마차에 있는 다른 시체들 곁에 두었다.

"오늘 오후에 매장할 거요." 태수가 말했다.

아무도 위로할 수도, 위로받을 수도 없었다. 고통은 지난 20년 동안 둑이 없는 호수처럼 불어났다.

"이제 여덟이나 되었군." 수레가 움직이자 파이트가 중얼거렸다. 잠시 후 그들은 마차가 들어가지 못하는 좁은 골목길에 이르렀다.

"프리드리히 집은 직접 가서 살펴보지요." 파이트는 종을 들고 절뚝거리면서 이 구역에서 유일하게 사람이 살고 있는 집으로 향했다. 나무로 만든 종의 손잡이를 잡고 있었지만 종을 위로 향해 들고 있어서 추가 흔들리는 소리가 났다.

마침내 다 부서지고 남은 대문 사이로 쇠약해진 여자의 모습이 나타났다. 어린 딸이 무서워하며 어머니의 윗도리에 매달려 있었다. 마르타는 어제 절름발이 파이트와 함께, 교회지기가 신의 전당에서 무엇을 총으로 쏘았는지를 확인하려고 교회까지 달려왔던 몇 안 되는 여자들 중 하나였다. 여자는 말없이 살점이라고는 거의 없는 손가락으로 입을 눌렀다.

"모두 무사하오?"

그녀는 고개를 끄덕였지만, 그녀의 눈은 열이 올라 화끈거렸다. 파이트는 친절한 사람이었다. "마르타, 프리드리히는 어떤가?"

꼬챙이처럼 야윈 여자는 아무 대답도 하지 않고, 이빨을 손가락 뼈에 문지르고 있었다.

파이트는 그녀의 머리를 흔들어보았다. "마르타, 우리는 시체를 묘지까지 운반해주고 있어."

그녀는 거칠게 머리를 흔들었다. 팔에 안겨 있던 딸아이는 칭얼거리며 어머니의 윗도리를 잡아당기고 있었다.

"프리드리히에게 무슨 일이 있는 거요?" 파이트가 다시 대답을 재촉했다.

"그 사람? 프리드리히는 멀리 떠났어요."

"멀리 갔다고?"

"예, 떠났어요. 어젯밤에요."

한동안 파이트는 어찌할 바를 모르고 어머니와 딸 앞에 서 있다가, 몸을 돌려 시체를 실어둔 수레로 절룩거리며 돌아갔다. "한 사람은 도망을 갔다는군요. 게르만 식구 두 명까지 합하면 세 명이 가버렸군." 파이트는 태수에게 설명했다. 땅딸막한 남자는 말의 고삐를 더 세게 잡아 쥐었다. "프리드리히가? 그럴 줄은 생각도 못 해봤어. 식구들을 버리고 이곳을 떠나?"

그는 머리를 흔들었다. "저주 받은 시대야!" 이렇게 말하고 그는 말을 몰았다. 굶주린 여자는 마차가 사라질 때까지 꼼짝 않고 기다린 다음에야 딸과 함께 집 안으로 들어갔다.

10월의 태양이 남쪽 하늘 높이 떠 있었다.

털이 헝클어진 스피츠는 코를 킁킁대며 구덩이 가장자리를 맴돌다 주인을 쳐다보았다. 무덤을 파는 노인은 장화를 신은 채 삽으로 땅을 평평하게 고르고 있었다.

"이제 죽은 자들이 들어와도 된단다. 내가 아주 커다란 침대를 만들어뒀거든." 그는 숨을 헐떡이며 개를 불렀다. 우선 그는 곡괭이와 삽을 구덩이 밖으로 던졌고, 그런 다음에 파놓은 구덩이의 벽이 탄탄한지 살펴보고는 구덩이를 팔 때 사용하는 짧은 사다리의 디딤판 위로 올라갔다.

스피츠는 크게 짖으며 주인에게 인사했다. 노인은 완전히 지쳐서 구덩이에 발을 내려놓고 앉았다. 개는 주인 품으로 파고들었고, 주인은 다정하게 개를 무릎 위에 앉혔다.

울타리 바로 곁에 마티아스 호베가 서 있었다. 곡괭이와 삽은 울타리에 세워둔 채였다. 그는 허망한 표정으로 나무로 만든 십자가 위를 보았다.

"여봐, 교회지기, 자네도 자리가 필요한 거야?" 무덤을 파는 노인이 스피츠의 털을 쓰다듬으며 물었다.

마티아스가 아무 말 없이 고개를 끄덕이자, 무덤을 지키는 자는 나무 울타리와 돌담이 만나는 구석자리를 가리켰다.

"그 뒤에 아주 아름다운 자리가 있어. 아침에 해를 볼 수 있는 자리지."

에게부시 마을의 교회지기이자 선생은 아직 주인이 없는 자리로 가서 끓어앉고는 머리를 숙였다. 그렇게 그는 조용히 기도를 드렸다.

잠시 후에 그는 자리에서 일어나, 딸을 위해 구덩이를 파기 시작했다. 안네를 지난밤에 희생된 사람들과 함께 묻을 수는 없었다. 그래서 그녀의 어머니는 눈물을 흘렸고 마티아스는 딸을 묻을 수 있는 자리를 요구했던 것이다.

같은 시각, 태수가 탄 마차는 무두장이 식구들이 사는 나지막한 담 옆에 멈추었다. 파이트가 종을 한 번 울리자마자, 엘리자베스, 발렌틴 그리고 레온하르트가 오두막에서 뛰쳐나왔다.

발렌틴이 달리기에서 1등이었다. 녀석은 담을 지나서 하마터면 맞은편까지 뛰어갈 뻔 하더니 어느새 파이트 앞에 섰다. "제가 한번 울려보면 안 될까요?"

파이트가 대답을 하기도 전에, 다른 두 아이가 양쪽에서 매달렸다. "아냐, 내가 할 거야!" 레온하르트가 날카로운 목소리로 말했다. 그러자 엘리자베스가 그를 밀쳤다. "할머니를 위해 종을 울리고 싶단 말이야." 하지만 발렌틴이 종을 가장 먼저 쥐었다.

아이들은 관리를 불안하게 만들었다. 어머니들은 파이트가 좋은 사람이라고 했지만, 사실 그는 아이들이 귀찮기만 했다. 그는 늘 아이들에게 불구가 된 다리 하나를 보여줘야 했고 혹은 손으로 눈을 가리고 절룩거리면서 원을 돌고는, 숨어 있는 이 말썽쟁이들을 찾아내야 했다. 마을에 사는 아이들은 그를 사랑했지만, 파이트는 배려심이라고는 조금도 모르는 아이들이 무서웠고, 고통스러운 과거의 기억과는 동떨어져 있는 청소년들이 두려웠다. 이들은 파이트를 가득 채우고 있는 과거, 희망을 품을 수 있는 가능성조차 빼앗아버린 파이트의 과거와는 전혀 관계가 없었다.

파이트는 체념하고 인상을 찌푸리며 발렌틴에게 종을 넘겨주었다. 열 살짜리는 두 손으로 나무 손잡이를 잡더니 종을 흔들어대었다. 종을 두고 서로 다투는 사이 크리스토프가 아내와 함께 나왔고, 요켈과 마리아도 뜰로 나왔다.

　　파이트가 물었다. "모두……", 그는 하려던 말을 멈추었다. "자네 어머니는, 크리스토프?" 무두장이가 고개를 끄덕였다. "모시고 나올까요?"

　　울술라는 급히 남편의 손을 잡았다. "아뇨, 우리가 직접 묻을까 해요." 그렇게 말한 뒤 그녀는 남편의 손을 아직 태어나지 않은 뱃속 아기 위에 올려놓았다. 그녀는 새로운 생명에게 좋은 시작을 제공할 수 있다면 무슨 일이든 해주고 싶었고, 아이들의 할머니를 예의를 갖춰 묻어야 한다고 생각했다.

　　파이트는 발렌틴에게서 종을 돌려받고 마차의 앞쪽에 있는 의자 위에 올려놓았다. "참 좋은 여자야." 그는 생각에 잠겨 중얼거렸다.

　　이제 마을의 태수는 평평한 돌담 근처에까지 다다랐다.

　　"요켈!"

　　무두장이의 아들은 천천히 땅딸막한 남자에게 다가갔다. 뭔가 눈치를 챈 것일까? 요켈은 불안하게 그를 바라보았다.

　　"나를 도와줄 수 있겠어?" 태수가 진지하게 물었다.

　　열다섯 살짜리 소년은 그제야 안도의 한숨을 내쉬고 고개를 끄

74

덕였다. 아니, 태수는 요켈이 몰래 집 안에 들어간 사실도, 소년의 사랑에 관해서도 모르고 있었다.

"우리는 우물에서 시체를 꺼내야만 해. 그렇지 않으면 물이 썩게 되지. 너는 말랐지만 강건하지."

요켈은 우물 안을 청소하고 몇 푼씩 버는 일이 많았다. 하지만 토막 난 시체들을 물에서 건져내다니. 상상만으로도 소름이 끼쳤다!

카타리나의 아버지는 조용히 대답을 기다렸다.

나의 카타리나. 순간 요켈은 태수의 얼굴에서 카타리나와 뭔가 닮은 점이 있는지를 찾아보았다. 하지만 수염이 수북하게 헝클어진 얼굴을 보자 아무것도 떠오르지 않았다.

요켈은 그렇게 하겠다고 답했다. 소년은 카타리나의 아버지를 실망시키고 싶지 않았다. 요켈은 시체들을 실은 마차에 올라 파이트의 옆자리에 앉았다.

무덤을 파는 노인은, 팔에 개를 안고서 교회지기가 파놓은 작은 구덩이 곁에 서 있었다. 그는 말없이 흘리는 눈물을 보았지만 침묵했다.

예전에는 나 이외에 그 누구도 묘지의 땅을 팔 수 없었어. 이런 생각이 노인의 머리를 스치고 지나갔다. 예전에 나는 이런 일을 하고서도 돈을 잘 벌었지. 하지만 이제는 돈이 있어도 에게부시 마을에서는 무용지물이야. 아무것도 살 수 없다면, 그까짓 돈이 무슨 소용이 있겠어? 한동안 사람들은 빵집에서 계란과 빵을 교환할 수 있었다.

그러나 곧이어 수확할 게 더 이상 없었다. 대부분의 쟁기가 망가졌고, 들판에 있는 곡식들을 용병군대에게 넘겨주느니 차라리 마지막 씨앗이라도 먹어버리는 편이 나았다. 이 해에 마을에는 빵도 없었고, 수확할 기장도 없었다. 몇 마리밖에 남지 않은 닭들은 제 몸처럼 보호했고 달걀들은 숨겨놓고 보물처럼 보관했다. 만약 굶주림이 먹을 수 있는 것이었다면, 아마 자신은 살찐 수탉이 되었을 거라고 무덤을 파는 노인은 생각했다.

"오늘이 며칠인지 아는가?" 노인은 대화를 해볼 요량으로 물었다. 마티아스 호베는 대머리 노인을 쳐다보았다. "내 딸 안네가 죽었어요."

노인은 이해한다. 그는 아무 말 없이 아버지 되는 자를 홀로 내버려두었다. 노인은 피곤해서 신발을 질질 끌며 파놓은 무덤으로 갔고, 무덤가에 쌓아놓은 흙 위에 앉았다.

시체를 실은 마차를 마을 우물 옆에 세워놓자마자, 모든 아이들이 장터를 부리나케 떠났다. 그 누구도 목격자가 되고 싶지 않았던 것이다.

보리수 나뭇가지로 만든 두레박이 달린 긴 밧줄은 온전했다. 파이트와 태수는 마구를 벗겨놓은 말 주둥이의 고삐에 밧줄을 고정시켰다. 두레박 바로 위에 그들은 손잡이 매듭을 만든 다음 밧줄을 요켈의 몸에 꽁꽁 묶었다.

"지금 물이 그리 깊지는 않단다. 눈에 띄는 모든 것을 두레박 안에 넣도록 해라."

두 남자가 말을 우물에서 멀리 끌고 가 밧줄이 팽팽하게 당겨졌을 때, 무두장이의 아들은 따뜻한 오후의 햇살을 받으면서도 몸이 꽁꽁 얼어붙는 듯했다. 잠시 머뭇거린 뒤 요켈은 우물가에 올라가서 신호를 보냈다. 말이 억지 걸음으로 우물 뒤쪽으로 움직이자, 요켈은 우물 속으로 내려갔다.

요켈은 발로 축축한 우물 벽을 계속 찼고 우물 안의 냉기는 피부 속으로 기어들어왔다. 온몸에 전율이 일면서, 소년은 신음소리로 기도를 올렸다. "도와주소서, 주님. 이런 끔찍한 곤경으로부터 도와주소서! 저를 불쌍하게 여기소서! 이 세상의 악마와 그 모든 죄악에도 불구하고, 저는 당신의 사랑스러운 자식입니다." 소년은 어린 동생들이 잠을 자러 가기 전에 늘 외우는 기도의 첫 구절을 반복했다.

요켈의 머리 위에는 동그랗고 파란 하늘이 마치 차가운 사람의 눈처럼 빛나고 있었다. 그 눈에서 나오는 빛은 탁한 물까지는 닿지 않았다.

에게부시 마을 사람들은 확장된 묘지에 꼼짝 않고 서 있었다. 때는 이른 오후였고 지난밤의 흔적들이 지치고 힘든 얼굴에 드러나 있었다.

무덤을 파는 노인은 죽은 자들을 구덩이로 하나씩 옮겼다. 그는 파놓은 구덩이에 사다리를 놓고 열세 번이나 오르내려야만 했고, 그런 뒤에라야 마을의 태수는 마차를 돌려 떠날 수 있었다. 나무 울타리 밖에 말을 기다리게 해놓고 태수는 몇몇 살아남은 자들에게 돌아왔다.

구덩이에서 조금 떨어진 곳에 그의 아내와 딸 카타리나가 기다리고 있었다. 머리카락을 밀어버린 소녀의 머리는 수건에 감싸여 있었다. 어머니의 말에 따라 카타리나는 시선을 땅에 두고 있었다.

돌담과 나무 울타리의 모서리 앞에 엘자 호베가 토비아스와 함께 무릎을 꿇고 있었다. 엘자 호베는 어깨를 들썩이며 눈물을 흘렸다. 그들은 안네를 이제는 쓸모가 없어진, 신부가 되면 가져갈 상자 안에 눕혔다.

토비아스는 뚜껑이 닫힌 것을 내려다보고도 작별을 도저히 받아들일 수 없었다. 소년의 아버지는 아들 옆에 서 있었고, 너무나 고통스러워서 눈물조차 나오지 않았다.

바로 근처에서 무두장이 가족은 할머니를 위해 작은 구덩이를 팠다. 어린아이들 셋은 마리아와 어머니 사이에 조용히 서 있었다.

요켈은 두 손을 모았다. 우물 안에 들어갔던 기억이 무자비하게 떠올랐다.

크리스토프 마르카르트는 양털로 어머니를 덮어주었고, 노파는 묘지로 옮겨져 무덤에 안치되었다.

애도하는 사람들은 죽은 자들 앞에서 여전히 움직이지 않았다. 정적은, 마을 전체가 마치 나병에 걸린 듯 갈기갈기 찢겨진 삶을 애도하고 있었다.

말이 없는 순간은 천천히 흘러갔다. 사람들은 아주 못마땅하다는 시선으로 성당지기를 바라보고 있었다. 그리고 곧장 모든 눈들이 커다란 형상으로 향했다.

마티아스 호베는 침묵으로 표현하는 사람들의 요구를 알아차리지 못하고, 여전히 비탄에 잠겨 있었다.

마침내 마을의 태수가 나무 십자가 사이를 힘껏 밟으며 말했다. "마티아스. 시작하지 않을 건가?" 그의 목소리에는 재촉하는 마음과 동정심이 섞여 있었다.

군인들이 신교의 목사를 쫓아낸 뒤부터, 교회를 지키는 자이자 에게부시의 선생이 성경에 나오는 무슨 말이든 해야만 했다. 그는 약탈자들이 성경을 가져가지 못하도록 지키고, 마을에서 유일하게 성경을 읽을 줄 아는 사람이기도 했다. 마티아스 호베는 성경을 가죽으로 돌돌 말아서 보다 안전한 장소에 숨겨두었다. 왜냐하면 마을을 통과하는 군대의 장교라는 장교는 모두 탐욕스러울 정도로 성경을 찾아댔기 때문이었다. 제후들이 머무는 궁정에 성경을 가져가면 후한 상금을 받을 수 있었다.

마티아스는 신의 은총에 관한 구절들을 외우고 있었다. 그는 수업시간에 아이들에게 이 구절들을 암송해주고는 했다.

"마티아스!" 태수가 마티아스의 팔을 잡았다.

아버지는 간신히 딸이 누워 있는 곳에서 시선을 떼고 태수를 따라 넓은 구덩이로 갔다.

애도하는 자들은 경건하게 두 손을 모으고 있었다.

"죽음은 관 속에 삼켜져버렸도다.
죽음이여, 너의 가시는 어디에 있느냐?
지옥이여, 너의 관은 어디에 있느냐?"

마티아스 호베는 잠시 멈췄다가 계속해서 말을 했으며, 이 구절을 알고 있던 사람들은 함께 중얼거렸다.

"하지만 죽음의 가시는 죄이도다.

하지만 죄의 힘은 법이로다.

하지만 주님께 감사하나니, 우리 주 예수 그리스도를 통해 우리에게 승리를 안겨주나니."

그러고 나서 모두가 "아멘"이라고 말했다.

요켈은 자신의 뒤에 카타리나가 어머니와 함께 서 있다는 것을 알았다. 소년은 굳이 몸을 돌리지 않았다. 은밀하게 저편에 있는 토비아스를 보았다. 친구는 어머니를 부둥켜안고 울고 있었다.

안네. 요켈은 한숨을 내쉬었다. 소녀의 죽음은 그에게 할머니의 죽음보다 더 생생했다.

열다섯 살 소년은 고개를 들고 앞을 바라보았다. 그런데 울타리 뒤에 한 여자가 서 있는 게 아닌가! 한순간 이글거리는 그녀의 눈을 보았으나, 다음 순간 그녀는 몸을 돌려서 장터로 급히 도망을 쳤다.

요켈은 밝은 햇볕에 눈이 부셔서 한 손으로 얼굴을 가리고 그녀를 따라가보았다. 그녀는 바로 마르타였다. 남편이 사라졌다는 말이 불현듯 요켈의 뇌리를 스쳐 지나갔다.

크리스토프 마르카르트는 아들을 살며시 건드렸다. "나를 좀 도와다오, 아들아!"

그들이 할머니의 시체를 흙으로 덮었을 때, 엘리자베스와 두 형제는 큰 소리로 울었다.

오후의 햇살을 받으며 에게부시의 주민들은 커다란 보리수나무의 밑둥치에 서 있는 태수의 주변을 에워쌌다.

모두가 떠난 구덩이 곁에 대머리 노인만이 남겨졌다. 노인이 깊게 판 구덩이를 서서히 메우는 동안, 노인의 작은 개만이 주인의 움직임 하나하나를 세심하게 지켜볼 뿐이었다.

모두들 두려워서 우물 근처는 피했다. 큰 보리수나무의 넓은 그늘이 지난밤의 암흑에 대한 기억처럼 우물을 덮고 있기 때문이었다.

보리수나무 아래로 아이들, 어머니들과 아버지들이 무리지어 있었다. 주민들이 그렇게 다닥다닥 붙어 있었건만, 피로 범벅된 마음의 상처는 막을 수 없었다.

"우리는 왜 모두 다 숲으로 가지 않는 거요?"

"맞아요, 습지를 지나 북쪽에 있는 숲으로 가자고!"

"군인들은 또 언제 다시 오는 거요?"

"우리는 언제 모두 죽게 되는 거요?"

두려움에 찬 질문들이 난무했다. 태수는 다리를 벌리고 서서 사람들이 소리를 지르도록 내버려두었다.

요켈은 레온하르트의 손을 잡고 토비아스와 그의 부모님에게 갔다. 교회지기는 엘자의 어깨 위로 팔을 얹어서 아내를 보호하고 있었다. 그녀의 입술 사이로 중얼중얼대는 말들이 쏟아지고 있었다.

레온하르트는 토비아스에게 인사를 전했다. "안네는 어디 있어?"

교회지기의 아들은 깜짝 놀라 입이 다물어지지 않았다. 요켈은 즉시 안심하라고 어깨를 쓰다듬어주었다. "이 녀석은 아직 어떻게 된 건지 이해하지 못해." 이렇게 말하고 요켈은 여섯 살짜리 동생을 데리고 친구로부터 멀어졌다.

"안네는 어디 있는 거야?" 레온하르트는 큰형에게 대답을 듣고자 했다.

"안네는 이제 하늘나라, 할머니가 계시는 곳에 있어."

꼬마는 두 눈을 깜빡거리더니 구름 한 점 없는 파란 하늘을 응시했다. 그리고 한참 뒤에 말했다. "나도 하늘나라에 가고 싶어!"

요켈은 라인하르트의 입을 한 대 때렸다. 그러자 동생은 그 자리에서 울음을 터뜨렸다.

열다섯 살 소년은 몸을 굽혀 동생을 끌어안았다. "울지 마. 우리는 모두 하늘나라에 갈 거야. 그러니 이제 뚝 그쳐, 레온하르트."

"정말이지?"

요켈은 눈물을 글썽이며 서 있었다. "그럼, 정말이지." 또다시 흑사병에 걸린 군인의 자식이 눈앞에 떠올랐다. 요켈은 얼른 막내 동생의 이마에 손을 대어보았다. 아냐, 열이 나서 땀을 흘리지 않잖아. 최초의 증상은 오늘이나 내일 나타나야 해. "아파?"

레온하르트는 싫었지만 형의 팔을 풀고 다른 형제들이 있는 곳으로 뛰어갔다.

태수를 둘러싸고 있던 주민들은 태수에게 재촉했고, 그들의 목소리는 서로 엉키며 점점 더 커졌다.

"우리는 도망가야 하오!"

그러자 노파가 팔을 번쩍 들어 소리를 질렀다.

"사탄!"

갑자기 모두가 입을 다물었다.

조용해지자 노파가 호되게 꾸짖었다. "우리는 우리 마을에서 악마를 쫓아내야 해. 그렇지 않으면 우리 모두가 죽어."

두려움이 요켈을 덮쳤다.

마을의 태수는 위협적인 태도로 노파에게 다가갔다. 그러자 노파가 맞은편에서 태수를 막아섰다. "악마를 내쫓아야 해! 분명히 너희에게 경고하겠어!"

요켈은 단도의 손잡이를 잡았다. 그리고 카타리나를 찾았다. 카타리나의 어머니는 결단력 있게 딸 앞에 서 있었다.

이제 태수와 허리가 굽은 노파를 둘러싸고 원이 만들어졌다.

"자, 말을 해보시오. 그대는 어찌 생각하는가?" 땅딸막한 남자가 힘들게 숨을 쉬며 노파 앞에 우뚝 섰다.

노파는 자신을 에워싼 사람들에게 마력으로 위력을 발휘했다.

"마르타! 이 여자의 눈을 본 적이 있어? 그녀는 묘지에 오지 않았어. 여기에도 없지." 노파는 손가락을 들어 경고를 표했다. "너희에게 말하는데, 사탄이 그녀의 몸속에 들어갔어!"

몇몇 사람들의 얼굴에는 의심이 피어났고 또 어떤 사람들의 얼굴에서는 벌써 전염된 독이 활활 피어올랐다.

태수의 어깨가 가볍게 내려가는 것을 아무도 알아차리지 못했다. 요켈 역시 칼 손잡이를 놓았다. 그래, 카타리나를 의심하는 게 아니었다.

"그녀는 더 많은 불행을 가져올 거야! 갑자기 그 여자는 시선을 얻게 되었다고! 사탄의 시선!"

기절할 듯한 소식을 접한 주민들은 이에 대한 설명을 듣고 싶어 했다. 들으면 뭔가 이해할 수 있는 그런 설명 말이다. 에게부시 마을 사람들은 절망에 빠져 있었기에 무슨 설명이든 받아들일 준비가 되어 있었다. 극도의 비참한 상태는 어쩌면 희생자를 요구하는 것일까? 누군가에게 죄를 뒤집어씌우고 참회하게 만들어야 했다. 그러니까 그건 마르타였다.

마티아스 호베는 둥글게 원을 만들고 있는 무리들 사이를 뚫고 나와 두 팔을 번쩍 들었다. "신 앞에서 죄를 짓지 말지어다!" 그는 위협적으로 고함을 질렀고 노파에게 화를 냈다. "너는 집으로 돌아가고 더 이상 말을 하지 마라!"

그의 목소리가 장터에 쩌렁쩌렁 울려 퍼졌다. "우리가 약탈과 죽음을 당한 것으로 충분하지 않은 것이오? 여러분들은 이제 스스로를 모두 파괴할 작정이오? 저기 강가를 보시오!" 그는 동쪽에 있는 언덕을 가리키려고 팔을 쭉 폈다. "저기 야영지에서 그들은 매복하고 있으며, 우리의 아이들과 우리를 죽이기 위해 올 것입니다. 저들이 바로 악마들이오! 여기에 있는 우리 모두는, 마르타도 마찬가지며, 그들의 노획물이외다. 죄를 짓지 마시오!"

위험한 조직은 분위기만으로도 쉽게 분열되는 법이다. 오로지 교회지기와 선생만이 이와 같은 힘을 가지고 있었다. 목사 없이 오랫동안 지내다보니 주민들에게 최후의 은신처를 포기하지 말라고 늘 경고하는 역할은 교회지기 마티아스가 맡게 되었다. 그는 따르기 힘든 신앙을 위해 투쟁했고, 무신앙과 미신이 주민들의 내면을 파괴하는 것을 허락하지 않았다.

그는 신의 정의를 굳게 믿고 있었다. 비록 오늘 아침 딸의 주검을 보는 순간에는 그런 믿음이 오히려 숨을 막히게 했지만 말이다.

노파는 땅에 누워 있었다. 그리고 가는 신음소리를 냈다. "나를 내쫓지들 마시오, 제발."

마을의 태수는 안심을 하고 노파를 일으켜 세웠다. "아무도 그대를 내쫓지 않을 거요. 하지만 입은 다물어야 하오. 우리 마을에 마녀 같은 것은 없어요. 절대!" 한순간 그의 시선은 아내의 시선과 마주쳤다. 그러고 나서 마티아스에게 감사의 뜻으로 고개를 끄덕였다.

"잘 들으시오, 여러분! 우리가 마을을 떠나봤자 아무런 소용이 없소이다!"

교회지기가 신앙을 지키려고 하듯, 태수는 에게부시 마을 주민들에 대하여 책임감을 느끼고 있었다.

제후가 이미 오래전에 그 지역을 포기했고 세금 징수원조차 더 이상 소작료와 공과금을 징수하러 오지 않는다는 사실은 태수에게 중요하지 않았다. 그는 마을을 다스리는 태수였다. 그리고 아직 서른다섯 명의 주민들이 살아 있는 에게부시는 그에게 남은 유일한 세계이다.

"숲에서는 우리들 가운데 아무도 살아남지 못할 것이오. 우리는 여기를 떠날 수 없습니다. 누구도 우리를 위해 자리를 내어주지 않을 테니까요. 집으로 돌아가시오. 오늘 밤은 안전할 것이오."

약탈하는 무리들이 처음 습격을 하고 나서 다시 습격할 때까지는 대체로 며칠 정도 틈이 벌어진다. 그사이 용병들은 가장 멀리 떨어진 곳을 습격한다. 다른 마을들을 샅샅이 약탈한 다음, 그들은 또다시 처음에 습격한 마을로 들이닥친다.

하지만 용병들이 야영지를 철거한 다음 멀리 떠난다면?

어쨌든 에게부시 마을은 며칠 동안 안전할 것이다.

아마도. 왜냐하면 잔뜩 굶주린 보병들이 이미 야영지에 도착했을 게 분명하기 때문이다.

서서히 주민들이 만들었던 원이 느슨해지더니 각자 자신들의 일상으로 돌아갔다.

어머니는 요켈에게 동생들을 데리고 들판에 가서 쐐기풀을 뜯어와 달라고 부탁했다. 마리아는 어머니가 출산하는 데 필요한 모든 준비를 도와야 한다고 했다.

마침내 어른들과 묘지에서 멀리 떨어지자, 형제자매들은 냅다 뛰기 시작했다. 요켈은 자루를 들고 있었던 데다가, 따뜻한 오후라 동생들을 따라잡을 수 없었다.

세 아이는 맨발로 땅이 우묵한 곳을 지나가기도 하고 마구 파헤쳐진 전답의 흙덩이를 밟기도 했다. 14일 동안 비가 내리지 않아서 흑회색 흙덩이들은 조금만 디뎌도 쉽게 부서졌다.

녹색의 섬들 가운데 하나에서 동생들은 요켈을 기다렸다. 쐐기풀과 엉겅퀴들은 훌쩍 자라 있었고 아이들은 그 가시에 찔릴까봐 무서워했다.

요켈은 싱긋이 웃으며 동생들을 바라보았다. 그들은 흥분해서 섬을 이리저리 뛰어다녔고, 늘 하나의 섬에 들어갔다가 다시 나와야 했다. 마침내 발렌틴이 몸을 숙여 돌을 하나 집더니 잔뜩 화를 내면서 들어가지 못한 섬에 던졌다. 엘리자베스와 레온하르트는 똑같이 행동했고, 셋은 풀들이 무성한 녹색의 요새를 향해 거친 욕설을 마음껏 퍼부었다.

요켈은 에게부시로 돌아갈 수 없었다. 오후 시간에 탁 트인 들판을 걸을 때마다, 소년은 아침과 지난 시간들에 대한 기억을 지우려고 애를 썼다. 하지만 장례식, 우물, 안네와 할머니가 마치 바위 덩어리처럼 가슴을 눌렀다. 소년의 생각은 카타리나에게로 날아갔다. 소년의 생각은 힘든 장애물을 극복하고 이제 소녀를 그리워하는 단계에 이르렀다. 소녀는 고개를 떨구고 어머니 곁에 서 있었지만, 요켈은 카타리나의 얼굴과 눈에 익숙해 있었다. 소년은 한숨을 내쉬었다. 지금까지 나는, 그녀가 없을 때만, 생각만으로 그녀와 얘기를 나누었어.

2년 전부터 카타리나는 외출할 때면 반드시 어머니 혹은 아버지와 동행했다. 그러니 요켈은 접촉할 수가 없었다. 예전에 열다섯 살 소년은 소녀를 주의 깊게 바라보지 않았다. 당시에 카타리나는 우물가에서 나무 양동이를 들고 순서를 기다리던 여러 명의 소녀들 가운데 하나였을 뿐이다. 혹은 카타리나의 어머니가 고기를 훈제하고자 하면, 요켈의 아버지가 가죽을 만드는 작업장에 들러 무두질용 응결제를 가져가던 소녀였을 뿐이다. 아이들이 다리로 질근질근

밟은 무두질용 응결제는 불꽃 없이 연기만으로 연소가 되었던 까닭에 훈제용으로 딱 좋았다. 하지만 고기를 본 지는 꽤 오래되었다. 세금 징수원이 장터에서 태수의 작고 붉은 악마의 가죽에 대해서 경고하면서부터, 카타리나는 부모와 동행 없이 외출한 적이 한 번도 없었다.

요켈은 녹색의 섬에 먼저 도착했다. 동생들의 고함소리가 희미하게 들려왔지만 생각하는 데 방해받을 정도는 아니었다. 하지만 발렌틴은 자꾸 분노를 터뜨리다가 점점 더 용감해졌다. 마침내 녀석은 맨손으로 쐐기풀을 잡아버렸다. 나머지 동생 둘은 놀라서 숨을 멈추었다. 잎 하나, 그리고 또 하나. 발렌틴의 표정이 서서히 변하더니, 한껏 대담해졌다. 엘리자베스와 레온하르트는 어리둥절했다. 하지만 식물의 세밀한 털에 들어 있던 독이 부드러운 손가락 피부에 파고들었다! 발렌틴은 쐐기풀 잎을 마치 활활 타오르는 하얀색 불덩이라도 되는 양 떨어뜨리더니, 고통을 호소하며 화끈거리는 손을 식히려고 흙 속으로 밀어 넣었다. 동생들은 고소해서 한껏 웃었다. 발렌틴은 아직 큰형처럼 쐐기풀을 뜯지 못했던 것이다.
고통을 숨기기 위해 발렌틴은 엘리자베스와 레온하르트에게 화를 내며 덤볐다. 싸움이 벌어지기 전에 요켈은 카타리나에 대한 생각을 잠시 멈추었다. 그리고 발렌틴의 어깨를 꼭 붙들었다.

"그만해!"

쐐기풀을 모으려면 강한 손이 필요했다. 요켈은 동생에게 시범을 보여주었다. 소년은 잎들을 잡아서 뜯고는 자루 속에 쑤셔 넣었다. "내년에는 너도 할 수 있을 거야." 요켈은 열 살짜리 동생을 위로하고는 다른 두 동생들과 함께 목초지인 언덕으로 보냈다. "민들레와 승아를 찾아봐. 엄마한테 갖다주면 좋아할 거야!"

동생들은 작은 토끼들마냥 언덕을 깡충거리며 뛰어 내려갔다.

요켈은 자루를 들고 엉겅퀴와 쐐기풀이 있는 길을 따라갔고 그러다보니 식물들이 빽빽하게 자라나 있는 곳으로 들어섰다.

귀리! 무두장이의 아들인 요켈의 얼굴에서 환하게 빛이 났다. 크게 자란 엉겅퀴 사이에 몇 개의 귀리 이삭이 숨어서 자라고 있었기 때문이다. 씨앗 하나라도 잃어버리지 않으려고, 요켈은 줄기를 칼로 잘라냈다. 바로 곁에서 소년은 야생겨자를 발견했다. 그런 다음 두 손으로 쐐기풀 잎들을 따서 모았다.

큰 까마귀가 숲 위에서 원을 그리며 날아다녔다. 까악거리는 소리가 오후를 가르고 있었다.

요켈은 까마귀들을 올려다보고는 재빨리 윗도리의 목 부분에 달린 끈을 당겨서 묶었다. 검은 새들은 바로 어제 낯선 여자들과 아이들이 그를 공격했던 공터 위를 불안하게 맴돌고 있었다. 점점 많은 새들이 느릿느릿하게 푸드득 날아올라갔고, 까악거리는 소리가 길어졌으며, 그러다가 소리가 끊기더니 다시 들리기 시작했다.

요켈은 절망스러운 표정으로 머리를 흔들었다. 죽어가던 군인의 아이는 아직 까마귀에게 먹히지 않고 남아 있었다.

까마귀들은 살점을 쪼아 먹는다. 흑사병에 걸린 병자들의 살점들을 배가 부를 때까지 먹는다! 그러니 열다섯 먹은 소년이 이런 새들을 방어하기란 어려울 게 분명했다.

갑자기 산중턱에서 동생들이 소리를 질렀다. "요켈!" 무두장이의 아들은 뱀처럼 엉겅퀴를 뚫고서 앞이 훤히 보이는 경작지로 나갔다. 엘리자베스와 발렌틴은 잔뜩 흥분하여 팔을 흔들었다. 그들의 곁에 막내 레온하르트가 몸을 구부리고 있었다.

"요켈!" 목소리가 점점 더 날카로워졌다. "요켈!"

무두장이 집안의 큰아들은 평야를 서둘러 지나쳤다. 떠오르는 생각들이 소년을 자꾸 불길하게 몰아갔다. 아냐, 레온하르트는 아냐! 까마귀들. 군인의 아이 가슴에 보였던 검은색 혹들. 피가 잔뜩 묻어 있던 얼굴. 제발, 레온하르트를!

요켈은 동생들 근처까지 갔다.

"레온하르트가 침을 뱉어." 발렌틴과 엘리자베스는 이상하다는 듯 막내를 살펴보고 있었다.

요켈은 뛰어오다가 그 자리에서 털썩 무릎을 꿇었다. 여섯 살

난 막내는 계속 구토를 했고, 온몸에 경련이 일고 있었다. 레온하르트의 얼굴은 벌겋게 달아올랐다가 마침내 침을 뱉었다. 녀석은 작은 주먹으로 자신의 가슴을 누르고 있었다.

요켈은 고함을 지르고 싶었다. 하지만 그렇게 할 수 없었다. 흑사병. 경련. 목을 조르는 것 같은 메슥거림. 열!

요켈은 절망하여 동생을 꼭 끌어안았다. 막내는 한 번 더 몸을 구부린 다음, 힘없이 풀밭에 쓰러져 울었다. 요켈은 땀이 범벅이 되어 축축해진 레온하르트의 이마를 쓰다듬었다. "무슨……" 요켈은 말을 제대로 할 수 없었다.

레온하르트는 화를 내면서 발렌틴을 노려보았고 눈물이 가득 고인 얼굴로 오른손 주먹을 열어 보였다. 녀석은 요켈에게 다 뭉개진 지렁이를 내보였다. "발렌틴이 말했어. 만약 내가 지렁이를 아주 많이 먹으면, 나한테 닭이 생길 거라고."

갑자기 마음이 놓였다. 요켈은 막내를 덥석 안았다. 지렁이 때문이었구나!

소년은 동생의 이마를 닦아주었다. 오늘이나 내일이 되면 흑사병의 증세가 나타날 것이다. 엄지 두 개로 요켈은 레온하르트의 양쪽 눈물을 닦아주었다. "이건 지렁이일 뿐이야." 요켈이 속삭이듯 말했다.

발렌틴과 엘리자베스는 죄책감을 느낀 탓인지 민들레와 승아를 찾기 위해서 서둘러 뛰어갔다.

"집에 가면, 내가 너한테 선물을 하나 줄게."

"뭐야?" 막내는 궁금해서 걱정조차 잊어버렸다.

"가르쳐줄 수 없어. 지금은 우리가 먹을 것들을 찾아봐!"

레온하르트는 마치 잠에서 깨어난 듯 형과 누나의 뒤를 쫓아 뛰어갔다.

까마귀들은 숲 위에 떼를 이루어 있더니만, 다시 까악거리며 계곡으로 미끄러지듯 날아갔다.

요켈은 지쳐서 풀밭 위에 앉아 있었다. 까마귀가 비행하며 공기를 가르는 소리가 들려왔다. 뒤이어 날개를 퍼덕이며 경작지 위에 내려앉는 소리가 들렸다.

주둥이의 노란색이 한껏 어둡게 변해 있었다.

요켈은 구역질이 나서 두 눈을 감았지만, 새의 모습이 뇌리에서 떠나지 않았다. 까마귀들은 점점 더 커지고 있었다. 주둥이가 꼭 도끼처럼 보일 정도로 엄청나게 거대해지고 있는 저 까마귀들!

그리고 해골 속에서는 까마귀들의 남매 격이라 할 수 있는 쥐들이 기어 나왔다. 쥐들은 심장이 한번 뛸 적마다 번식을 하고, 이빨들도 하얀 단도같이 자라나고, 늑대들보다 더 강해질 것이다. 사람들은 점점 줄어들고, 점점 더 작아질 것이다. 그들은 바구니 안에 들어가 숨는다. 버드나무 가지로 엮어 짠 바구니를 통해 사람들은 에게부시의 주인이 된 쥐들을 관찰할 것이다. 이들은 떼를 지어 장터 위를 지나 좁은 길을 통과해 출구까지 밀어붙일 것이다. 마지막 오두막까지 점령한 뒤에 이 쥐새끼들은 집집마다 살면서, 뒷발로 일어서겠지. 이제 그들은 토비아스의 아버지보다 더 커져 있다.

쥐들이 찍찍거리는 소리는 까마귀들에게까지 전해진다. 시커먼 형제는 만족한 듯 까악거리는 소리로 화답을 한다.

그러자 쥐들이 웃는다. 쥐들이 웃자 까마귀들이 웃는다. 숲의 가장자리부터 에게부시 마을에 이르기까지 온통 찍찍거리고 까악거리며 웃는 소리뿐!

요켈은 손으로 귀를 틀어막고 눈을 떴다.

아직 아냐!

바로 앞에서 까마귀들이 주둥이를 흙에다 비벼 닦고 있었다. 요켈은 재빨리 마을을 내려다보았다. 마을은 늦은 오후의 햇살을 받으며 평화로운 모습이었다.

아냐, 아직은 아니라고!

이 말을 하며 소년은 자리에서 일어났다. 그는 팔을 거칠게 휘저으며 목청을 돋우었다. 소년의 고함소리는 들판을 쩌렁쩌렁 울렸고, 이에 놀란 검은 새들이 바스락거리며 돌아다녔다. 요켈은 까마귀들 가까이 다가갔다. 그러고는 분노에 차서 한 마리를 덮쳤다. 하지만 이 새는 소년의 공격을 피했다. 그제야 까마귀들은 날개를 무겁게 휘젓더니 느릿느릿하게 공중으로 날아갔다. 까마귀들은 괴성을 질러댔지만, 높이 날아올라 가자 그 소리는 요켈에게 웃음소리처럼 들렸다.

요켈은 머리를 뒤로 젖혀 하늘을 보았다. 빙빙 날아다니는 까마귀들이 만든 새까만 점 위에 10월의 하늘이 찬란하게 빛나고 있었다.

"흑사병 얼룩들!" 요켈은 동생들의 이름을 불렀다.

그들은 모아온 잎사귀들을 자랑스럽게 자루 속에 넣고 줄지어 마을로 내려갔다.

까마귀 떼들은 퍼덕거리며 또다시 경작지 위에 내려 앉았다.

자루를 가득 채운 요켈은 발렌틴과 엘리자베스를 오두막으로 먼저 보냈다. "엄마에게 전해, 레온하르트하고 요켈 형도 곧 도착할 거라고 말이야."

막내 레온하르트가 형과 누나를 따라가겠다는 것을 요켈은 겨우 말렸다. 레온하르트는 화가 나서 소리를 지르려고 숨을 깊게 들이쉬었다.

"잠깐만. 너한테 선물을 준다고 했잖아."

그러자 사납던 태도는 수그러지고 장난꾸러기 아이처럼 흥분하는 기색이 얼굴에 가득했다. "뭐야, 뭔데? 말해줘 형, 응?"

막내는 요켈의 손을 꼭 붙들었다. 열다섯 살 소년은 비밀스럽게 손가락을 입술에 갖다대었다.

"아주 조용히 해야 해." 요켈이 속삭였다.

레온하르트는 들뜬 마음으로 손가락 하나를 입에 물고 고개를 끄덕였다. 이제 요켈은 다른 동생들과 한 번도 하지 않은 놀이를 레온하르트와 하려는 것이었다! 여섯 살 난 동생은 긴장감으로 형을 빤히 쳐다보았다.

큰형은 레온하르트의 귀까지 몸을 숙였다. "이제 마구간으로 가. 염소 옆에 무릎을 꿇고 두 눈을 감고 있어. 내가 널 데리러 갈 때까지 거기에 있는 거야, 알았지?"

레온하르트는 큰형의 말을 알아들었다. 녀석은 발꿈치를 들고 안마당을 지나 부리나케 나무로 만든 마구간 안으로 사라졌다.

요켈은 다시 한 번 확인을 했다. 소년은 아무에게도 들키고 싶지 않았다. 잠시 집 안에서 무슨 목소리라도 들리는지 귀를 기울여 보았다. 동생들은 키득거리며 지렁이에 관한 얘기를 하고 있었다. 어머니가 무슨 질문을 하자 웃음소리가 끊어졌다. 보아하니 마리아만 집에 없는 듯했지만, 그 점에 대해서 요켈은 마음을 쓰지 않았다.

작업장에서 아버지는 일을 하고 있었다. 열다섯 살짜리 소년은 그제야 만족한 듯 고개를 끄덕였다.

소년은 안마당 쪽에 있는 낮은 담을 쭉 따라가더니 오두막의 뒤편에 있는 낡은 판자 위에 올라갔고, 거기에서 담에서 툭 튀어나온 부분 앞에 쪼그리고 앉았다. 소년은 두 손으로 조심스럽게 돌 하나를 꺼냈다. 요켈은 이미 어릴 적부터 이곳에 빈 공간을 마련해두고, 가장 아끼는 물건들을 보관해두고 있었다.

예전에는 아버지가 조각해준 손바닥만한 흔들이 목마가 있었고, 점토를 구워 만든 구슬이 있었다. 이 구슬은 그가 장터에서 동갑내기들이랑 놀이를 하면서 딴 것이었다.

그 이후 요켈에게는 무두질하는 아버지를 돕거나 좁은 농지이지만 농사일을 도와야 하는 일과가 시작되었다. 당시에 소년은 발렌틴에게 목마를 선물했지만, 이 녀석은 그것을 이틀 후에 잃어버렸다. 구슬들도 어린 동생들에게 나누어줬기에, 오랫동안 이 비밀 공간은 텅 비어 있었다.

요켈이 열두 살이 되던 해에 약탈과 괴성, 피와 죽음의 밤을 보냈고, 그 다음날 새벽이 되자 여자들과 아이들이 오두막을 습격하여 노략질을 하고 떠났다. 그리고 이날 오전, 요켈은 골목길에서 자신의 보물을 발견하게 되었다. 보물은 길 위에서 반짝이고 있었다. 도둑질하던 아이들 가운데 하나가 그것을 떨어뜨렸던 것이다. 요켈은 보물을 주워들어 담에 마련해둔 비밀 공간에 숨겨놓았다.

이제 열다섯 살이 된 소년은 손을 넣어 더듬거리며 숨겨놓은 보물을 찾았다. 마침내 조심스럽게 목걸이를 밖으로 꺼냈다.

딱딱하게 되어버린 가죽 끈에 열 개의 부적들이 일정한 간격을 두고 달려 있었다. 요켈이 마치 비싼 진주라도 되듯 그것을 쓰다듬자 전율이 엄습했다. 은박을 입힌 늑대 이빨과 치아가 날 때나 치통이 있을 때 효험이 있는 두더지 앞발, 행운을 가져온다는 인간의 피부 조각, 부자가 된다는 동전이 부적으로 매달려 있었다. 요켈은 기도문과 축복의 말을 기록한 양피지를 실로 꿰매어놓은 자그마한 다발을 쓰다듬었다. 그의 손가락은 이제 뱀의 독을 제거해준다는 피묻은 돌로 미끄러져 내려갔다. 그리고 갈증과 더위로부터 지켜주는 수정도 있었다. 열다섯 살 소년은 이제 은색의 작은 세바스찬 화살을 만졌다. 이게 바로 흑사병을 막아준다는 부적이다! 화살 바로 옆에는 오소리 앞발과, 반지에 돌돌 말아놓은 오소리 털이 있었다. 요켈은 작은 묶음에 코를 대고 숨을 들이쉬어보았다. 흑사병과 전염을 막아준다는 날카로운 냄새가 여전히 느껴졌다.

레온하르트가 땀을 흘리면, 냄새는 더 강해질 것이다. 무두장이의 아들은 천천히 어린 시절의 보물을 자신의 윗도리 주머니에 넣고, 담에 다시 돌을 끼워 넣어 원래 모습대로 해두었다.

여섯 살 난 레온하르트는 염소 옆에서 기다리고 있었다. 형의 말에 따라 두 눈은 여전히 꼭 감은 상태였다. 요켈이 마구간에 들어

가자, 막내가 작은 목소리로 말했다. "염소한테도 아무 말 안 했어."

"잘 했구나." 요켈은 미소를 지으며 막내동생의 손을 잡았다.

"이제 눈을 떠도 돼."

레온하르트는 기대에 차서 큰형을 빤히 쳐다보았다. 그리고 나서 녀석은 아랫입술을 앞으로 쭉 내밀었다. "그런데, 형이 나한테 약속을……."

요켈은 부드럽게 고개를 끄덕였다. "알아. 자, 이리 와봐."

두 형제는 들키지 않고 안마당을 빠져나갔다.

골목길, 좁고 조용한 구석자리와 장터에 사람이라고는 보이지 않았다. 해는 서쪽으로 많이 기울어 있었고 하루 중에서 가장 긴 그림자를 만들어놓고 있었다.

요켈은 어린 동생을 교회로 데리고 갔다. 무덤들 사이를 지나 교회 입구로 들어가는 길에서 레온하르트는 더 이상 가지 않겠다고 버텼다. 녀석은 더 이상 선물을 믿지 않았다. 그래서 큰형에게 화를 내며 욕을 했지만, 큰형은 막내를 번쩍 들어 안고는 편평한 앞마당에 내려놓았다.

"이제 우리는 함께 교회 안으로 들어가는 거야!" 요켈은 화를 냈다. 정 말을 듣지 않는다면 막내를 억지로 데려갈 태세였다.

레온하르트는 머리를 절레절레 흔들었다. "선물을 준다고 약속

했잖아! 교회에는 안 들어갈 거야!"

요켈은 마지막으로 설득하려고 윗도리 주머니에서 목걸이를 꺼내 막내에게 보여주었다. 그러자 어린 손이 금세 목걸이를 잡으려고 뻗어 나왔다. 하지만 큰형이 더 빨랐다. 큰형은 어두운 교회 안을 가리켰다. "저기 안에 들어가면 너한테 줄게."

레온하르트는 자신을 놀리려는 게 아닌가 싶어 형의 눈을 빤히 쳐다보았다. 큰형의 얼굴은 두려움과 함께 반드시 이렇게 해야 한다는 결의로 가득 차 있었다. 아주 잠시 어린아이는 고민을 하더니 결국 큰형을 믿기로 했다. 형을 진정으로 이해하지는 못했지만.

서서히 눈은 어둑어둑한 빛에 익숙해졌다. 열다섯 살 소년은 막내를 교회 중앙을 지나 제단으로 데려갔다. 부러진 나선형 계단과 함께 무너진 설교단이 마치 부상당한 짐승처럼 바닥에 놓여 있었다. 레온하르트는 갑자기 형에게 꼭 매달려서는 앞을 가리켰다. 그제야 요켈도 제단 앞에 구부리고 앉아 있는 형체를 발견했다. 큰형은 즉시 막내를 뒤로 숨겼다. "이봐요!"

그러자 그 형체는 벌떡 일어나더니 몸을 돌려서 출구 쪽으로 달려가버렸다.

여자! 요켈은 일그러진 얼굴을, 그 눈을 알아볼 수 있었다. 교회에서 도망친 여자는 바로 마르타였다.

"무서워할 거 없어, 레온하르트. 마르타가 기도를 했을 뿐이야."

둥근 창을 뚫고 들어오는 하얀색 빛이 커다란 십자가 위에 줄무늬를 만들었고 각이 진 제단의 돌 위에도 떨어졌다.

요켈은 막내를 계단 위에 무릎을 꿇게 한 다음 자신도 바로 뒤에 자리를 잡고 차가운 교회 바닥에 무릎을 꿇었다. "너에게 정말 아름다운 목걸이를 선물할게."

이 말에 레온하르트가 자리에서 일어나려고 했다.

"아냐, 우선 십자가를 쳐다봐." 요켈이 속삭이는 소리로 말했다. 그러고는 재빨리 윗도리 주머니에 있던 보물을 꺼내서 막내의 목에 걸어주곤 가죽 끈을 묶었다.

여섯 살 난 막내는 여러 종류 물건이 달린 목걸이를 조심스럽게 만져보았다. "정말 나한테 선물로 주는 거야?" 녀석이 속삭였다.

"아직은 아냐. 기도부터 한 다음. 위쪽을 봐!"

요켈은 허약한 동생을 뒤에서 꼭 껴안더니 마치 부서질 듯한 새라도 되듯 동생의 손가락에 자신의 손을 조심해서 포개었다.

이제 서서히 열다섯 살 소년은 머리를 들었다. 소년의 시선은 정면 벽의 높은 곳에 달려 있는 십자가를 향했다. 소년의 두 눈은 어찌할 바를 모른 채 못 박힌 양손을 찾았다. 요켈은 군인들이 예수님의 몸뚱이를 총으로 쏘아 머리가 밑으로 떨어졌다는 사실을 알고 있었다.

하지만 저는 기도를 해야 해요! 주 예수님, 당신은 에게부시 마을에서 부활하셨습니다. 왜 당신은 우리에게 당신의 손과 발만 남겨두셨나요?

"이제 우리 기도하는 거야?" 레온하르트가 더 이상 기다리지 못하고 물었다.

"그래, 조금만 있어."

요켈은 두 눈을 감았다. 그러자 훨씬 기도하기가 편해졌다.

"레온하르트, 지금부터 내가 하는 대로 따라하는 거야."

막내는 고개를 끄덕였다.

이제 요켈은 수업시간에 배운 구절들을 천천히 말하기 시작했다.

"깊은 고난 속에서 저는 주님에게 외칩니다."

여섯 살 난 동생은 맑고 높은 목소리로 열심히 따라했다.

"깊은 고난 속에서 저는 주님에게 외칩니다."

큰형의 볼에 눈물이 주루룩 흘러내렸다.

우리 모두는 곤경에 처해 있습니다. 주님의 아들이신, 예수님조차도.

"주여! 저의 외침을 들어주소서!"

레온하르트는 위에 있는 십자가를 향해 거리낌 없이 외쳤다. 요켈은 중간에 잠깐 쉰 다음에야 다시 말을 이을 수 있었다.

"주님의 은혜로운 귀는 제 말을 들으십니다."

동생이 이 구절을 끝까지 따라할 때까지 요켈은 기다렸다.

"그리고 저의 간청을 받아주십니다."

갑자기 요켈은 배웠던 말이 더 이상 생각나지 않았다. 그것은 죄이다. 죄책감이 그를 덮쳤고, 요켈은 절망에 빠져 기억을 떠올리려고 애썼다. 제발, 레온하르트가 죽으면 안 돼. 나 자신을 위해서는 아무것도 원치 않아.

"흑사병으로부터 보호해주소서."

레온하르트는 불편한지 무릎을 끓은 상태에서 이리저리 몸을 비틀고, 재빨리 형이 말한 구절들을 따라하고서는 힘차게 끝맺음을 했다. "아멘!"

요켈은 머뭇거리며 반복했다. "아멘!"

요켈은 눈을 뜨고 간절한 마음으로 십자가에 달려 있는 손을 올려다보았다.

레온하르트는 더 이상 참지 못하고 형의 품에서 빠져나와 목걸이를 만져보았다. "정말 내가 가져도 되는 거야?"

요켈이 자리에서 일어났다. "항상 목에 걸고 있겠다고 약속하면."

레온하르트는 환성을 지르며 교회 밖으로 달려 나갔다.

오늘 밤만, 아니 내일까지만 잘 넘기면, 레온하르트는 살 수 있어. 요켈은 밝은 출구로 천천히 걸어 나가면서 그렇게 생각했다. 기도는 이 정도로 충분하리라 생각했다. 물론 구절들을 완전히 외우지는 못했지만.

요켈은 교회 앞뜰에 섰다. 거기에서 레온하르트를 자세히 살펴보고서는 머리를 절레절레 흔들었다. 녀석은 아무것도 모르고 있었다.

막내는 이미 민첩하게 묘지의 담에 기어 올라가서는 좁다란 담 위를 균형을 잃지 않고 걸어 다녔다.

쪽제비 같다고 생각하며 요켈은 미소를 머금었다. 가슴 속에 엉켜 있던 불안이 약간 녹아 사라졌다.

그사이 레온하르트는 담을 따라, 확장된 묘지와 연결되는 곳까지 가 있었다.

지는 해의 마지막 빛이 어린 형체에게 닿아 있었다. 레온하르트는 두 팔을 번쩍 들고 최근에 생긴 무덤이 있는 곳을 내려다보고 신호를 보냈다. "마리아! 나, 목걸이를 선물로 받았어!" 레온하르트가 소리를 질렀다.

요켈은 급히 다닥다닥 모여 있는 무덤들 사이를 지나 레온하르트에게로 갔다. 녀석은 누나의 이름을 계속해서 불렀다. 요켈은 담 위를 보았다.

안네의 무덤 앞에 토비아스와 마리아가 서 있었다. 친구는 소녀의 어깨에 머리를 파묻고 있었다. 마리아는 팔로 소년을 안고 있었다. 조용히 그렇게 서 있던 둘에게 레온하르트의 외침은 들리지 않았다.

"입 좀 다물어!" 요켈은 레온하르트에게 소리치고, 녀석의 다리를 잡아서 번쩍 들어 밑으로 내렸다. 레온하르트는 화가 나서 고함을 지르려고 했지만, 요켈이 손으로 입을 막았다. 요켈은 다시 한번 담 너머 쪽을 보았다.

위안……

에게부시 마을에서 일어나는 불행은 위안이 될 수 있는 모든 것을 마치 갈라진 땅처럼 빨아들였다. 단지 순간적으로 몇 방울의 물이 절망이라는 갈증을 달래주었다.

요켈은 막내동생과 함께 묘지를 떠났다. 무두질하는 작업장으로 돌아가는 동안, 요켈은 카타리나를 안을 수 있다면 얼마나 좋을까 그려보았다.

교회지기는 총을 어깨에 맨 채로 자신의 아들과 소녀가 자그마한 무덤 앞에 있는 모습을 보았다. 둘은 여전히 서로를 부둥켜안고 서 있었다.

"어머니가 널 찾는다, 토비아스."

마리아는 깜짝 놀라 몸을 뗐으나, 교회지기는 친절하게 고개를 끄덕여주었다. "너의 어머니도 분명 네가 필요할 게다, 마리아."

소녀는 아무 말도 하지 않고 고개만 끄덕였다.

"그러니 다들 집으로 돌아가도록 해라." 마티아스 호베가 조용하게 말했다. 그의 목소리는 끔찍한 하루의 짐 때문인지 무거웠다.

젊은이들은 어깨를 나란히 하고 묘지를 떠났다. 교회지기는 참담한 기분으로 딸의 무덤 곁을 떠나지 않았다.

한참 뒤에 그는 좁다란 사다리를 타고 교회의 탑으로 올라갔다. 비어 있는 종루(鐘樓)에 앉아서 총도 장전하였고 탄약통도 곁에 놓아두었다. 마을의 남자들은 보초를 세우기로 결정을 보았다. 마티아스는 제일 먼저 교회의 탑에서 보초를 서겠다고 지원했다.

저녁의 황혼 속에서 그의 눈길은 마차가 다니는 밝은 길로 미끄러지더니 이내 어두운 빛깔의 숲 가장자리에 머물렀다.

"안네, 안네, 내 딸아." 그는 중얼거렸다. 별들이 밤하늘에 나타났을 때에도, 교회지기는 여전히 자신의 딸이 죽었던 장소를 바라보고 있었다.

하얀 잿더미 속은 어제 저녁에 피웠던 불씨가 연기를 피우지 않은 채 여전히 타고 있었다. 바로 이 불씨로 요리를 할 것이다. 불덩이는 새로운 날을 기다리고 있는 것 같았다.

이미 한 시간 전에 울술라 마르카르트는 오두막 뒤편에 마련된 가족의 침실에서 조용히 일어났다. 첫 진통은 소리를 내지 않고 참았지만, 진통을 느끼는 간격이 점점 더 짧아졌다. 그녀는 자고 있는 식구들을 깨우지 않기 위해 품에 안겨 자던 엘리자베스와 레온하르트를 살며시 떼어놓았다.

굶주림으로 허약해진 여인은 두 손으로 식탁의 모서리를 짚고 겨우 일어섰다. 너무 아파서 그녀는 제대로 서 있을 수조차 없었던 것이다. 울술라는 고통의 파도가 잠잠해질 때까지 호흡을 조절했다. 그러고 나서 그녀는 한 손으로 잔뜩 긴장해 있는 배를 차분하게 쓰다듬었다. "기다려라. 조금만 기다려, 애야." 그녀가 속삭였다.

임산부는 힘을 들여 몸을 일으켜 세웠다. 그녀는 식구들의 규칙적인 숨소리에 귀를 기울였다. 정적의 박자였다. 10월 5일의 희미한 아침 햇살과 해산하기 전의 이 순간은 아직 그녀에게만 속해 있었다.

울술라는 불안한 걸음으로 아궁이 옆에 있는, 물을 가득 담아둔 나무 양동이로 몸을 질질 끌며 다가갔다. 목이 바짝 말라서 물을 조금 마신 뒤에 이마를 식혔다. 그녀의 시선은 짚을 채워 넣어 화덕 앞에 내려놓은 자루들을 향했다. 바로 이곳에서 그녀는 해산하게 될 것이다.

기다려. 조금만 더 기다려라, 애야.

그녀는 어제 늦은 오후에 마리아와 함께 이 자리를 만들었다. 짚을 넣어 만든 자루들 위에 면으로 된 천을 펼쳐놓았고, 새 수건들은 등받이 없는 의자 위에 올려놓았다.

또다시 산통이 시작되었고, 그녀는 신음소리를 내며 천천히 식탁으로 다시 걸어갔다.

기다려. 조금만, 애야.

식탁까지 가는 길이 너무나 멀게 느껴졌다. 울술라는 지쳐서 거실에 여러 개 놓아둔 등받이 없는 보조 의자에 앉아서 쉬었다. 태어나기 위해서 아이가 자신의 몸에 자리를 잡았던 것은 지금까지 열두 번이나 되었다. 셋은 태어날 때 이미 죽어 있었고, 둘은 태어난 지 일주일 만에 죽었고, 어린 세바스티안은 대낮에 길에서 굶주린 군인들의 손에 잡혀 끌려가버렸다.

어머니는 끔찍했던 옛날 생각이 떠올라 두 눈을 감았다. 갑자기 그녀는 세 살배기 아들의 손을 놓쳐버렸다. 그녀가 아들을 잡기 전에, 아이는 안전하게 숨어 있던 곳에서 그만 떨어져나와 엉금엉금 기어가고 있었다. 아이는 너무 늦게 위험을 예감했다! 두 명의 군인들이 세바스티안을 쉽게 붙잡았다. 울술라는 아들을 구하기 위해 벌떡 일어서려 했으나, 남편이 애걸하며 말렸다. 그녀는 넋을 잃고, 아이가 손과 발이 묶인 채 말의 등에 묶이는 모습을 바라보아야 했다. 굶주린 자들의 먹이로.

지금까지 그녀는 이 장면을 얼마나 고통스럽게 떠올렸는지 모른다. 울술라는 그날의 기억을 억누르기 위해 주먹으로 이마를 꼭 눌러보았지만, 아무런 소용이 없었다. 그녀는 말없이 울었고 세바스티안은 그녀의 눈물 속에 머물렀다. 아냐, 그건 어떤 시간도 아니었어, 라고 그녀는 상실감에 젖은 채 생각했다. 전쟁은 사람들에게 어떤 시간도 될 수 없다.

그녀는 눈을 들었다. 아침의 밝은 회색빛이 열린 창을 통해서 어른거렸다. 회색빛은 벌써 넓은 침실까지 파고 들어와 있었다.

아직 다섯 명의 아이들이 살아 있다. "내가 너희를 위해서 해줄 수 있는 게 너무나 없구나." 울술라는 중얼거렸다.

전쟁은 부모에게 시간을 주지 않는다. 아이들은 세상에 태어나자마자, 스스로 곤궁을 헤쳐나가 살아남아야만 했다. 울술라는 절망감에 휩싸여 두 손으로 아직 태어나지 않은 아이가 있는 배를 쓰다듬었다.

"기다려. 아직 나는 너를 보호할 수 있단다."

참을 수 없는 격렬한 고통이 또다시 밀려왔다. 울술라는 소리를 질렀고, 그녀는 손가락으로 옷을 쥐어뜯었다. 숨도 제대로 쉬기 어려웠지만, 그녀는 큰딸을 불러 깨웠다. 그 바람에 식구들이 모두 깨어났다.

출산.

마리아는 즉시 어머니 곁으로 갔다. 딸은 신음하는 어머니를 천천히 화덕 앞에 마련해둔 장소로 데려갔다.

요켈은 아직 잠에서 덜 깬 상태로 안마당으로 비틀거리며 나갔다. 소년은 쌓아둔 장작더미에서 나무 조각과 장작을 가지고 오두막 안으로 들어왔다.

크리스토프 마르카르트는 아내의 이마를 사랑스럽게 쓰다듬은 다음, 송풍기를 들고 와서 불씨 위에 있는 재를 걷어내고 불을 피우기 위해 바람을 넣었다. 그는 요켈과 함께 물을 가득 채운 도가니를 화덕 위에 얹었다.

출산을 위한 자신의 자리가 어디인지 모두들 잘 알고 있었다.

울술라가 신음을 토해내었다. 그녀는 다리를 약간 구부린 채 누워 있었다. 산통은 점점 더 강해졌다.

마리아는 어머니의 윗도리를 벗겨주었고 수건으로 땀방울이 맺힌 얼굴을 닦아주었다.

딸은 그야말로 침착하고 듬직하게 움직였다. 2년 전, 열한 살이 되던 해부터 마리아는 어머니의 산파 노릇을 했다. 진지하게 잘 보살펴주는 산파.

엘리자베스와 두 형제는 어머니의 불룩한 배 바로 곁에 쪼그리고 앉아서, 산통이 몸을 어떻게 뒤흔드는지를 긴장한 채 지켜보았다.

화덕 곁에서 요켈은 아버지와 함께 기다리고 있었다. 밝은 불꽃들이 도가니 위로 넘실거렸다. 불길은 어머니의 몸을 따뜻하게 해주었다. 어머니가 눈을 떴을 때, 요켈은 어머니의 눈에 담긴 고통을 보게 되어 괴로웠다.

요켈의 옆에는, 어깨가 넓은 아버지가 두 손을 포개어 앉아 입술을 계속해서 움직이고 있었다. 아버지는 소리를 내지 않고 아내를 위해 기도하고 있었다.

"마리아!" 울술라는 도움을 구하며 이름을 불렀다. 최후의 고통이 시작되자, 갑자기 그녀는 열두 번째의 출산을 하기에는 자신에게 힘이 얼마 남지 않았다는 걸 느꼈다. 마리아는 두 손을 어머니의 배 위에 얹고 아직 태어나지 않은 아이를 조심스럽게 산통의 리듬에 맞추어 아래로 눌렀다.

울술라 마르카르트에게 그것은 또다시 활활 타오르는 힘의 원천이었다. 막 커져서 헐떡거리는, 자신을 숨도 못 쉬게 하는, 그리고 유일하게 커다란 힘이었다.

아이들은 갑자기 나타난 머리와 어깨를 숨죽여 응시했다. 마리아는 부드럽게 겨드랑이를 잡았고 아이는 어렵지 않게 삶 속으로 미끄러져 나왔다.

열세 살 소녀는 피가 묻은 탯줄을 재빨리 신생아에게로 당겨주었다. 요켈은 칼을 가져와 여동생의 손에 쥐어주었다. 하지만 마리아는 머리를 흔들더니 이빨로 탯줄을 끊었고, 그런 다음에 신생아의 작은 배 위에 탯줄을 묶어주었다.

"살아 있니?" 어머니는 입을 벌린 채 숨을 쉬며 물었다. 그녀의 큰딸은 신생아의 두 발을 잡고 엉덩이를 살짝 때렸다. 아무런 반응이 없었다. 신생아는 나지막하게 숨을 쉴 뿐이었다.

어머니는 힘없이 두 손을 들어올렸다. "이리 줘봐!"

마리아는 어머니의 배 위에 신생아를 조심스럽게 내려놓았다.

"아들이야."

울술라 마르카르트는 손가락으로 아직 젖어 있는 신생아의 머리털을 만져보았다.

크리스토프는 아내가 출산한 자리에서 큰 걸음으로 두 걸음 정도 떨어진 곳에 있었다. 갓 태어난 아들은 쳐다보지도 않고, 그는 아내 곁에 무릎을 꿇고 앉았다.

"울술라", 그가 중얼거렸다.

"순산이었어요." 그녀는 미소를 지었고 완전히 지친 채로 남편의 손을 끌어다 볼에 갖다대었다.

한순간이었다.

그런 뒤에 그녀의 근심이 되살아났다. "교회지기를 데려와요, 크리스토프. 우리 아들은 튼튼하지 않아. 아이가 세례를 받았으면 해요."

그제야 아버지는 아들을 보려고 몸을 숙였다. 그는 조심스럽게 신생아의 머리에 입을 맞추었다. 너는 숨을 쉬고는 있지만, 금방이라도 부서질 것 같구나, 나의 다비드야, 라고 크리스토프는 생각했다.

다비드. 그에 관한 이야기가 갑자기 떠올랐다. 골리앗은 사방천지에 깔려 있어! 넌 용감해야 해.

크리스토프는 의중을 떠보고 싶은 표정으로 아내에게 말했다.

"이 아이를 다비드라고 불러야 해. 어쩌면 녀석은 그렇게 될 수도 있을 거야."

울술라는 이름을 나지막하게 불러보았다. 이름이 자연스럽게 나왔고 그녀는 고개를 끄덕였다.

그는 단호하게 일어서서 오두막집을 나갔다.

이제껏 아무 말도 못하고 경탄하기만 하던 세 아이들이 긴장을 풀었다. 그들은 환성성을 지르며 어머니 품에 안기려고 달려들었지만 마리아는 신생아가 걱정이 되어 아이들을 물리쳤다.

요켈은 어머니의 손을 잡았다. 어머니에 대한 애정이 너무나 깊어 아무런 말도 나오지 않았지만, 울술라는 아들을 이해할 수 있었다. "괜찮아, 요켈. 네 여동생을 좀 도와주렴."

뒤를 이어 발렌틴과 엘리자베스가 어머니에게 입을 맞추었다. 레온하르트는 신생아를 꼼꼼하게 살피고서, 만족한 듯 고개를 끄덕였다. "내가 훨씬 커." 녀석이 뿌듯하게 한마디 했다.

요켈은 나무 양동이에 목욕물을 조심해서 잘 섞었다. 마리아가 어린 다비드를 안자, 울술라 마르카르트는 고마운 눈빛으로 딸을 쳐다보았다. "넌 정말 좋은 여자가 될 거야."

마리아는 자랑스럽게 미소를 짓고는 몸을 돌렸다. 하지만 어머니가 뒤편에서 딸을 불렀다. "아이들에게 지방을 좀 주도록 해라.

너무 오랫동안 아무것도 먹지 못했어."

마리아는 어머니의 말을 알아듣고 동생들에게 신생아를 넘겨주었다. 그러자 세 아이들은 신생아의 피부에 묻어 있는 따뜻한 지방을 손가락으로 닦아서 입에 넣었다. 아이들의 눈이 빛났다. 크림버터처럼 맛이 좋았다. 마리아도 작은 신생아의 몸 이곳저곳에 묻어 있는 밝은색 얼룩을 찍어서 먹었다. 마지막으로 요켈이 남은 지방을 엄지로 찍어서 입에 넣었다.

이 맛은 그에게 선명한 기억으로 남아 있었다. 동생들이 태어날 때마다 요켈은, 어머니의 몸 안에서 태아 보호용으로 형성되었던 막을 먹었던 것이다.

마리아가 아이를 다 씻기는 동안, 울슐라 마르카르트는 후진통으로 몸부림쳤다.

그녀는 탈진하여 두 눈을 감았고, 요켈이 자신의 밑에 깔아둔 천을 빼내는 것을 느끼며 깊은 잠에 빠졌다.

장터로 가는 길에 갑자기 크리스토프 마르카르트는 정말 아름다운 날이 밝았다는 걸 알아차렸다. 아침 햇살이 에게부시 마을에 빛났다.

나의 다비드를 위한 아주 좋은 토요일이야. 그는 활짝 웃었다.

그래, 아름다운 날이다!

지난 주 내내 찬란하게 빛나는 날이었다는 사실이 그의 눈에는 들어오지 않았었다. 오늘에서야 그는 태양을 느꼈다.

새로 태어난 아이가 살아갈 힘이 없다손 치더라도, 생명의 탄생은 그 자체로 기뻐할 이유가 되었다.

그는 경쾌하게 교회를 향해 걸어갔다. 저만치 종루에 교회지기가 앉아 있었다. 그는 자리에 멈추어 섰다.

"이보게, 마티아스!" 그가 큰 소리로 불렀으나, 교회지기는 미동도 하지 않았다.

어깨가 널찍한 남자는 두 손가락으로 수염을 긁적였다. "수염을 깎아야겠군." 이 생각에 그는 갑자기 기분이 좋아졌다. 새로운 날을 새롭게 시작해야지. 할 일이 생긴 그는 무덤 사이를 지나 교회 입구를 향해 성큼성큼 걸어갔다. 세 개의 좁다란 사다리가 교회의 종탑이 있는 위에까지 연결되어 있었다. 사다리의 마지막 발판은 종루의 뚜껑 위로 튀어나와 있었다.

마티아스는 네 개의 각진 들보 중 하나에 등을 기댄 채, 머리를 가슴까지 푹 숙이고 있었다. 그는 자고 있었다. 오른편에는 금방 손이 가 닿을 곳에 총이 놓여 있었다.

크리스토프는 조용히 마지막 발판을 밟고 올라와, 자고 있는 남자에게 살그머니 다가가 그의 팔을 잡았다. 교회지기가 단번에 놀라서 벌떡 일어나려 했다.

"조용히, 마티아스, 날세."

키가 큰 남자는 당황한 채, 미소를 지으며 자신을 내려다보는 남자를 응시했다. "해가 떴을 때, 깜박 잠이 들었어." 마티아스가 중얼거렸다.

크리스토프는 마티아스 곁에 있는, 꺼끌꺼끌한 나무 널빤지 위에 쪼그리고 앉았다.

사방이 확 트여 있는 종루에는 가벼운 바람이 불었다.

"아들이야."

교회지기는 끄응 소리를 내며 모서리 들보에 머리를 대고 숲 가장자리가 있는 위쪽을 바라보았다.

두 남자는 한동안 아무 말도 하지 않고 나란히 앉아 있었다.

밤새 마티아스는 에게부시 마을을 지키는 보초였다. 추위가 그의 팔다리를 뻣뻣하게 만들었지만, 그는 이곳에서 꼼짝도 하지 않았다. 추위는 절망과 함께 나타났다가 고독을 남겨두고 사라졌다. 죽은 자들을 위한 보초 근무.

교회지기는 무두장이를 빤히 보았다. "우리는 어제 그 아이를 땅에 묻었어. 그리고 오늘, 아이가 새로 태어났구먼. 우리의 신은 도대체 어떤 신이지?"

갑자기 그가 웃기 시작했다. 교회의 탑에서 그가 떠들썩하게 웃는 소리는 멀리 퍼져나갔다. 무두장이는 깜짝 놀라 그를 움켜잡았다. "그만해, 마티아스. 그만하라고!"

댐이 무너지듯, 교회지기는 그의 불행을 웃음으로 토해내고 있었다. 마침내 눈물이 흘러나왔고, 웃음은 비통한 흐느낌으로 변해버렸다.

크리스토프는 절망에 빠진 남자를 부둥켜안았다. 온몸이 축 늘어질 때까지, 어깨는 그치지 않고 덜썩거렸다.

"도대체 어떤 신이 이럴 수가 있는 거야?" 교회지기는 낙담하여 머리를 흔들었다. "그분은 안네를 도살했어. 그리고 너한테는 아들을 선물하셨어."

크리스토프는 대답할 수 없었다. 그를 위로해줄 수 없다는 것을 잘 알고 있었기에. 태양이 종루 안을 비추었다. 똑같은 하루였다. 교회지기에게나 자신에게나.

아래에서는 관리가 절룩거리며 보리수나무를 지나 장터로 향하고 있었다. 발렌틴, 엘리자베스와 레온하르트가 그의 뒤를 따라가고 있었다. 파이트는 손에 종을 횃불처럼 높이 쳐들고 있었다.

아이들이 마을에 얘기를 했구나, 라고 무두장이는 생각했다.

탄생은 시작이다. 올해 몇몇 여자들이 해산을 했다. 하지만 대부분의 아이들은 죽어서 세상에 나왔다.

허약한 산모들의 태아들은 어머니의 뱃속에서 이미 굶주렸던 것이다.

살아 있는 아이는 더 심각한 굶주림에 맞닥뜨려야 했다. 하지만 살인과 약탈이 있은 다음이라 크리스토프는 이제 행복한 탄생만 생각했다. 그의 아내는 건강했고, 아이는 죽지 않았다. 그러니 오늘은 충분히 기뻐할 만했다.

"이름을 다비드라고 할 생각이야."

마티아스 호베는 조용히 고개를 끄덕였다.

"네가 세례를 해줘야 해."

교회지기는 생각에 잠긴 채 총을 들었다. "다비드는 거인과 싸워 이겼지."

크리스토프가 재촉했지만, 마티아스는 조금만 더 교회 탑에 앉아 있자고 부탁했다. 마음의 안정을 찾을 때까지.

요켈은 머뭇거리며 닫힌 문 앞에 서 있었다. 마침내 얼굴에 흘러내린 머리카락을 쓸어 넘기고 그는 결심한 듯 주먹으로 문을 두드렸다.

"누구요?" 마을 태수의 목소리에는 불신감이 묻어 있었다. 요켈은 급히 자신임을 밝혔고, 뒤이어 들어오라는 말이 들렸다.

"무슨 일이냐?" 태수는 잠시 소년을 보더니, 안마당 중앙으로 신발을 끌며 걸어가더니 말빗으로 말을 계속해서 빗어주었다.

갑자기 요켈의 심장이 요란하게 뛰기 시작했다. 그는 얼마나 자주 이곳으로 살금살금 기어들어 왔었던가? 헛간 벽을 따라서……. 그곳에 마구간이 있었다. 염소는 빗물 통 바로 옆 풀덤불에서 풀을 뜯고 있었다. 그리고 부엌문은 활짝 열려 있었다. 하지만 지금은 대낮이다!

여기에 오지 않았더라면……. 이런 생각이 요켈의 머릿속을 망치질했다.

"어이, 요켈!" 땅딸막한 남자가 웃었다. 마치 나쁜 일을 하다 들킨 것처럼 열다섯 살 소년의 얼굴이 발개졌다. 그는 억지로 인상을 짓고는 다비드에 관해 이야기했고 오늘 오후에 세례를 받게 될 것이라는 말도 전했다.

태수는 두 팔로 말의 등을 떠받치면서 고개를 계속 끄덕였다. "계속되는 거야, 요켈. 그렇지 않느냐? 에게부시 사람들도 예전처럼 계속 살아갈 게다."

무두장이의 아들은 그의 말을 이해하지 못하고 눈을 깜박이며 태수를 쳐다보았다. 하지만 태수는 자신의 생각에 잠겨 있었다. "우리는 참고 이겨내야 한다." 그가 중얼거렸다. 마침내 태수는 고개를 돌려 아내와 딸을 불렀다.

카타리나는 뛰어나와 요켈을 보고 잠시 멈칫 하더니, 아버지 곁으로 다가섰다.

태수 부인은 카타리나의 뒤쪽에 있는 문을 연 채 서 있었다. 그녀는 요켈에게 친절하게 인사를 건넸다.

"울술라가 아들을 낳았다오!" 통통한 남자의 얼굴이 움찔했다. 에게부시는 살아남을 것이다. 언젠가 집집마다 불을 피우게 될 것이다. 들판에는 귀리가 풍성하게 자랄 것이야. 나의 에게부시!

태수는 뿌듯한 기분으로 아내 쪽으로 향하였다. 그는 그런 상상을 하며 말을 했고, 고난 속에 숨어 있는 심오한 열정을 발견했다.

태수의 아내는 천천히 남편이 무슨 말을 하는지 파악했다. 갑자기 오늘은 에게부시 마을이 기뻐해야 하는 날임을 알아차렸다. 그녀는 환한 얼굴로 남편을 바라보았다.

카타리나는 두 손으로 말의 콧구멍을 쓰다듬었다. 삭발한 머리는 수건으로 잘 숨겼다. 그녀는 가끔 요켈을 힐끔힐끔 쳐다보았고, 두 사람은 시선이 마주치자마자 즉시 눈길을 돌려 바닥을 내려다보았다.

요켈은 뿌리가 박힌 듯 서 있었다. 자신이 멍청하다고 생각되어 가려고 했지만 그러지 못했다. 마침내 그는 더듬거리며 말했다. "카타리나." 창백한 얼굴에 커다란 눈이 그에게 고정되자, 요켈은 깜짝 놀랐다. "세례식이 있다는 거 알아? 너도 올 거지?"

소녀는 고개를 끄덕이고 미소를 지었다.

요켈은 그녀의 곁에서 한순간은 견딜 수 있었으나, 그 순간이 지나자 급하게 자리를 떠났다.

바깥으로 나오면서 그는 바보처럼 행동한 자신을 원망했지만, 골목길을 꺾어 나가자 휘파람이 저절로 나왔다. 카타리나. 오늘은 정말 아름다운 하루다.

마을의 관리는 아이들과 함께 집집마다 지나갔다. 종을 흔들자마자, 주민들은 또 불행한 일이 일어났으리라 생각하고 마음을 다잡고서 골목길로 뛰쳐나왔다.

파이트는 입을 비죽이며 웃었다. "좋은 소식이오!" 그가 소리쳤다. 지금 울리는 종소리가 경고하거나 시체를 수거하려는 뜻이 아니란 사실을 에게부시 주민들이 알아차리기까지 얼마나 오래 걸리는지 지켜보면서 그는 즐거워했다.

"우리에게 형제가 한 명 더 생겼어요!" 엘리자베스, 발렌틴과 레온하르트는 그렇게 합창을 했다.

지금까지 마을에서는 아이가 태어난 사실을 이렇게 알린 적이 없었지만, 파이트는 아이들이 천진하게 좋아하는 모습에 전염된 것 같았다.

그렇게 하지 않을 이유라도 있나? 그는 생각했다. 오늘은 아름다운 날이야.

"좋은 소식"이라는 말을 사람들에게 각인시키고, 앙상한 얼굴에 미소라는 꽃을 피울 수 있는 마법을 부리면 그만이었다. 신생아는 그다지 큰 의미가 없었다.

좋은 소식. 이 두 낱말만으로도 기쁨에 대한 그리움을 일깨우기 충분했다.

이 소식을 들은 모든 사람들은 자신의 집 밖으로 나왔고, 골목길에서 이웃을 만났으며, 장터에 있는 다른 사람들에게 미소를 보냈다.

교회의 탑에서 크리스토프와 마티아스는 믿을 수 없다는 듯, 서로에게 미소 지으며 무두장이 집으로 향하는 사람들을 내려다보고 있었다.

"그들은 세례식에 가려는 거야." 교회지기가 마침내 상황을 파악했다. 그는 결심이 선 듯 사다리로 갔다. "크리스토프, 가자고. 우리가 다비드에게 세례를 줘야지."

무두장이는 키가 큰 남자가 사다리를 다 내려갈 때까지 기다렸다.

아름다운 날이야. 이 말이 다시금 크리스토프의 뇌리를 스쳐갔다. 그도 사다리를 내려가기 시작했다.

"마르타 집에만 가면 돼." 마을의 관리 파이트는 만족스럽게 중얼거렸다. 그런데 아이들이 따라오지 않았다. 그들은 놀이친구들을 만났고, 이 친구들에게 새로 태어난 동생 이야기를 자랑스럽게 하고 있었다.

파이트는 혼자서 좁은 길 위를 절룩거리며 급히 가다가, 쓰러진 오두막을 지나쳤다. 마침내 그는 마르타가 어린 딸과 함께 살고 있는 외딴 골목길에 도착했다.

냄새가 그를 깜짝 놀라게 했다. 그는 얼굴에 난 흉터를 사정없이 손으로 문질렀다. 아냐, 그럴 리가 없어. 분명히 고기를 굽는 냄새였다. 허기가 날카로운 독약처럼 자신을 덮쳐서는 위장을 마구 휘저었다.

구운 고기! 꼭 잠긴 대문을 통해 파이트는 탐욕스럽게 믿을 수 없는 냄새를 들이마셨다. 그는 멍한 상태에서 종을 흔들었다. "마르타!" 그는 콜록거렸다.

한참을 기다려도 아무런 대답이 없었다. "마르타!"

마침내 문이 삐걱거리는 소리가 들리더니 약간 열렸다. "꺼져!"

땀으로 범벅이 된 얼굴에는 머리카락이 덕지덕지 붙어 있었다. 이 눈! 파이트는 놀라서 한걸음 뒤로 물러났다. "한 조각만……" 그가 말을 더듬으며 겨우 입을 열었다.

"고기는 내 거야." 마르타의 목소리는 흥분되어 거칠었다. "내 토끼라고!" 비쩍 마른 여자는 안으로 다시 들어갔다.

"어디서 난 거야?" 파이트는 이해할 수 없어서 머리를 절레절레 흔들었다. 토끼는 이제 없었다. 마을 주변을 샅샅이 뒤져도 더 이상 나오지 않았다. 하지만 이 냄새! 어쩌면 그녀가 다 먹지 못하고 남긴 게 있을지 모르지? 한 조각만. 더 이상은 바라지도 않아.

파이트는 문을 멍하니 바라보았다. 내가 아직 군인이었다면. 이런 생각이 불현듯 떠올랐다가 이내 사라졌다. 나는 그녀가 밖으로 나오도록 해야 해. "울슐라가 아이를 낳았어. 모두가 널 기다려. 곧 세례식이 있다고."

마르타는 조롱하듯 웃으며 거칠게 머리를 흔들었다. "나를 속일 수는 없어. 너희들 모두가 말이야!" 그녀는 고함을 지르더니 날카로운 도끼날로 대문 기둥을 찍었다. "꺼져! 들어올 생각 마! 내 고기란 말이야!"

갑자기 그녀는 이마를 도끼 자루에 대더니 흐느껴 울었다. "이건 내 고기야. 나는 너무나 오랫동안 아무것도 먹지 못했어."

파이트는 이제 기회가 왔다고 생각했다. 그는 재빠르게 한 발자국 다가갔다.

하지만 마르타는 즉시 도끼를 들어 높이 휘둘렀다. "네 대갈통을 날려버릴 거야!" 그녀의 눈에는 죽이겠다는 의지 그 이상이 이글거리고 있었다. 공포, 절망과 증오가 두루 섞인 채.

파이트는 포기하고 말았다. 그는 머리를 떨어뜨린 채 뻣뻣해진 다리를 질질 끌다시피 하면서 좁은 골목길을 빠져나왔다.

냄새가 고통스럽게 그를 따라왔으나, 점점 더 약해지더니 사람이 살지 않는 오두막에 들어서자 이내 사라졌다.

장터에 이르러서야 파이트는 비로소 숨을 깊이 들이쉴 수 있었다. 그는 아무에게도 토끼 얘기는 하지 않기로 결심했다. 지금 얘기한다고 해도 이미 너무 늦은 일이었기에.

기운을 차리려는 듯 그는 종을 높이 들어 이리저리 흔들었다.

세례식과 토끼구이요! 파이트는 히죽거리며 웃었다. 이렇게 외친다면 얼마나 좋은 소식일까? 그는 마비된 다리를 휙 앞으로 내디디며, 세례식에 늦지 않으려고 서둘렀다.

무덤을 파는 노인은 힘들게 숨을 쉬며 종탑으로 올라갔다. 그는 조심스럽게 개를 종루 바닥에 내려놓고, 수건으로 대머리를 닦았다.

그는 두 눈을 감았다. 이렇게 높은 곳은 익숙하지 않다. "여기 위는 정말 좋구나." 그는 혼잣말이 아닌 것처럼 큰 소리로 말했다. 그는 천천히 눈을 다시 떴고, 안전을 위해 모서리에 세워진 들보에 어깨를 기대고서는 밑을 내려다보았다. 자신이 일하는 묘지, 장터, 에게부시의 지붕들…….

여기 위에서 보니 무두장이가 사는 집 안마당에 모인 사람들이 아주 작게 보였다.

"그들은 다비드에게 세례를 주고 있어." 무덤을 파는 노인은 감동하여 깊은 숨을 내쉬었다. 오늘은 그야말로 살 만한 하루였다!

한 시간 전에 교회지기와 무두장이가 자신의 대문을 두드리고는 세례식에 그를 초대했다!

"할아버지도 우리 마을 사람이지요." 노인은 이 말을 나지막하게 따라해보았다. 단어 하나 하나가 그가 수년간 겪었던 고독 안으로 비집고 들어와 자리를 잡았다.

그는 흥분과 기쁨으로 가득 차서 골목 끝에 서 있었다. 하지만 걸음을 돌리고 말았다. 슬퍼서 그런 것은 아니었다. 교회지기와 무두장이가 자신을 초대하기 위해 직접 찾아왔던 거니까.

대머리 노인은 자신을 뚫어져라 바라보는 스피츠에게 몸을 숙였다.

"하지만 무덤을 파는 사람은 세례식에는 어울리지 않아." 그는 개에게 진지하게 설명했다. "아이에게 불행을 가져다줄 수 있거든."

그는 한 손으로 헝클어진 털을 사랑스럽게 어루만져주었다.

"우리도 마을 주민이라는구나." 따스한 온기가 그의 가슴에 쏴하게 퍼졌다.

무두장이의 집 마당에서 노래가 들려왔다. 무덤을 파는 노인은 크게 놀라 낯설지만 즐거운 노랫소리에 귀를 기울였다.

"저들이 노래하는 소리가 너도 들리지?"

한참 후에 그는 바닥에서 총을 주워들고 동쪽에 있는 언덕을 살폈다. 세례식이 진행되는 동안 그는 에게부시 마을 사람들을 위해 보초를 서고 싶었다.

크리스토프 마르카르트는 슬피 우는 다비드를 아내 곁에 조심스럽게 내려놓았다. 세례식을 구경하러 온 많은 사람들은 울술라를 보고 놀랐다. 일어서 있기에 그녀는 너무 탈진한 상태였다. 그래서 요켈은 어머니를 위해 문 앞에 짚을 넣은 자루를 펼쳐놓았다.

세례식은 끝이 났지만, 아무도 집으로 돌아가려 하지 않았다. 사람들의 얼굴에는 기대감이 서려 있었고, 모두들 다비드의 아버지이자 눈에 띄게 키가 큰 무두장이를 희망에 부풀어 쳐다보았다. 공동체라는 느낌이 그들을 꼭 묶어주었다. 계속해. 멈추지 말고. 마티아스는 어찌할 바를 모르고 어깨를 높이 들었다. 세례식이 끝났다.

함께 있을 수 있었고, 행복이라는 얇은 덮개를 덮고 있었던 지난 시간들은 차갑게 식어버렸으며, 균열이 생겼다. 냉혹한 현실이 이제 기쁨과 좋은 소식과 아름다운 날을 삼켜버리기 시작했다.

갑자기 마을의 태수가 단호한 표정으로 울술라에게 다가갔다. "나에게 아기를 줘보게!" 이렇게 급히 말하고는 그가 아기를 안아 머리 위로 번쩍 들어올렸다. 그는 잠자코 있는 사람들에게 몸을 돌렸다. "잔치를 엽시다! 어린 다비드를 위한 잔치 말이요!"

땅딸막한 남자가 웃었다. 그의 희망이 사람들의 가슴과 가슴으로 전해졌다. 잔치! 이런 생각은 빠르게 자라나서 공포심을 이겨냈다.

"그래요, 잔치를 엽시다, 열어요!"

이렇듯 익숙하지 않은 말들이 서서히 의미를 얻게 되었다. 그러자 모두가 어울려 소리를 질렀다.

잔치다! 아이들은 이리저리 뛰어다녔고, 낮은 담을 기어올라갔으며, 환호를 질렀고 손뼉을 마구 쳤다.

"내일, 내일 우리는 잔치를 여는 겁니다!" 태수가 소리를 질렀다. "여러분들이 아직 가지고 있는 것들을 모두 가지고 나오세요!" 그는 환한 얼굴로 어린 다비드를 다시 제자리에 내려놓았다.

내일……. 새로운 기쁨은 미래에 있었다. 그래서 사람들의 마음은 벌써부터 다음 날에 가 있었다.

"군인들이 오늘 오면 어쩌지요?" 엘자 호베가 나지막하게 물었다.

계획을 짜던 사람들은 급작스러운 질문에 입을 다물었다. 모두들 놀라서 무두장이의 아내를 뚫어지게 쳐다보았다. 그녀의 얼굴은 걱정으로 돌처럼 굳어 있었고, 다른 사람들의 열광은 그녀에게 영향을 주지 못했다.

군인들.

파이트가 조용한 분위기를 깨고 종을 흔들었다. "내가 오늘 강가에 가볼 것이오." 그가 큰 소리로 알렸다. "야영지를 돌며 염탐을 하면, 뭔가 알아낼 수 있을 것이오."

그의 얼굴에 있는 흉터가 빨갛게 달아올랐다. 그는 마르타와 토끼를 생각했다. "두 사람이 함께 가야 합니다. 어쩌면 군인들의 식량에서 우리 잔치에 필요한 뭔가를 가져올 수 있을지도 모르오."

긴장이 풀렸다. 아냐, 용병들이 그렇게 빨리 또 습격하지는 않을 거야. 오늘은 물론이고 내일도 아닐 거라고. 그러니 잔치를 열어도 위험하지 않아. 파이트가 안전을 기하기 위해서 군인들의 야영지에 가볼 테니까!

요켈은 꼼짝 않고 카타리나를 바라보았던 장소를 떠났다. 이제 그는 천천히 장터로 밀려가는 사람들을 뚫고 지나갔다.

그는 작업장 옆에서 토비아스와 마리아를 보았다. 둘은 손을 꼭 잡고 있었다. 요켈이 히죽 웃으며 갑자기 그들 앞에 나타나자, 교회지기의 아들은 재빨리 손을 뺐다.

"야영지에 함께 갈래, 토비아스?"

허약한 소년은 주저하지 않고 고개를 끄덕였다. 소년은 누이를 죽인 살인자를 보고 싶었다. 지난밤 꿈에서 소년은 군인이었다. 소년의 어머니가 옆에서 우는 동안, 토비아스는 번쩍이는 긴 칼을 들고 수백 명의 군인들을 찔러 죽였다. 그랬다. 소년은 그들이 어떤 인간들인지 보고 싶었다.

마리아는 걱정스러운 표정으로 친구와 오빠를 바라보았으나, 아무 말도 하지 않았다. 작별인사도 하지 않고 마리아는 어머니와 다비드가 있는 곳으로 달려갔다.

파이트는 소년 둘과 함께 들판과 골짜기의 목초지를 성큼성큼 걸어갔다. 가야 할 길이 먼 탓에 그들은 꼿꼿한 대마로 엮은 신발을 신었다.

그들은 마차가 다니는 길은 피했다. 파이트는 절룩거리면서도 힘들지 않은지 앞장을 섰다. "내가 군인이었을 때는 말이야, 하루 종일 걸었어. 군인은……"

파이트는 제복에 관해, 전투에 관해, 승리에 관해 이야기를 했다. 늦은 오후의 햇살이 동쪽에 있는 언덕의 구릉을 따뜻하게 해주었다.

세 사람이 마침내 강 앞에 있는 마지막 구릉을 올라갔을 때, 파이트의 눈에는 오래전에 잃어버렸던 힘이 다시 솟아나고 있었다. 그들은 어느덧 봉우리 위에 서 있었다.

야영지는 널찍하게 뻗어 있었고 강가의 덤불에까지 이어져 있었다. 뾰족한 천막들이 다닥다닥 붙어서 네모꼴로 생긴 넓은 자리를 빙 둘러싸고 있었다. 깃발과 기다란 대에 꽂힌 작은 세모꼴의 기들이 저녁의 햇살을 받아 빛났다. 네모형의 커다란 천막도 있었다. 둥근 덮개에 싸여 있는 마차들도 야영지를 제법 차지했다. 그리고 어디를 둘러봐도 알록달록 색이 바래진 제복들이 눈에 들어왔다.

"대포는 없군." 파이트가 중얼거렸다.

동쪽의 약간 떨어진 곳에는 보급대의 숙소가 있었다. 막대기에 묶어둔 수건들이 팔랑거렸고, 여자들과 아이들이 바쁘게 천막과 강물로 달려갔다.

"규모가 크지 않은 부대야. 기수들과 보병들이군!" 파이트가 무시하는 투로 말했다.

서쪽에는 야영지가 언덕까지 뻗어 있고, 말들이 풀을 뜯고 있었다. 울타리를 쳐둔 목초지는 강가에 자라고 있는 덤불까지 이어졌고, 커다란 네모꼴 천막을 따라 경계가 생겼다. 목초지에 울타리가 없는 부분은 밧줄로 묶어두었다.

저 멀리에서 새로운 보병부대가 야영지를 향해 행진해 오고 있었다. 그들 앞에 있는 거리에는 갈기갈기 찢어진 넝마를 걸친 사람들, 이리저리 흔들거리는 수레, 마차들이 가득했다.

"너희도 보이느냐?" 파이트는 팔을 쭉 뻗었다. "저기, 덮개를 씌워둔 마차 곁에 있는 커다란 천막 말이다. 나는 저기로 가봐야겠다. 만일 저자들이 창고를 가지고 있다면, 바로 저곳일 게야."

파이트는 마치 장군처럼 강 쪽을 향해 팔을 흔들며 전투 계획을 짰다. 즉, 요켈과 토비아스는 울타리를 쳐둔 목초지와 붙어 있는 방목장의 덤불들 사이를 지나서 커다란 천막 근처까지 살금살금 기어가야 했다.

"저기에서 너희들은 나를 기다리도록 해라. 자루는 잃어버리지 말고." 파이트가 주의를 주었다. 그가 천막 안에서 뭔가를 찾아내면, 보물을 그냥 덤불로 던지고는 다시 돌아올 예정이었다.

"너희 둘은 모든 걸 자루에 넣으면 된다." 그는 그런 상상만으로도 기분이 좋아서 두 손을 비볐다. "햄 하나. 닭 한 마리." 파이트는 느릿느릿 말을 늘이면서, 천천히 윗주머니에서 금시계 줄을 꺼내어 뱅뱅 돌렸다. "또 햄 하나, 또 닭 한 마리."

그는 낄낄 웃으며 불편한 다리로 야영지로 가는 비탈을 내려갔다.

요켈과 토비아스는 절룩거리는 남자를 의아한 표정으로 뒤에서 바라보았다. 파이트의 활기찬 모습은 그들도 처음 보는 것이었다.

"정말 군인들한테 가고 있어." 토비아스가 속삭였다. "조금도 무서워하지 않잖아."

요켈이 이빨 사이로 휘리릭 소리를 냈다. "내 생각에는, 너도 군인이 되면 두려워하지 않을 거야."

안네, 기다려. 토비아스는 그렇게 속으로 말하며 야영지로 내려가는 자신의 모습을 그려보았다. 토비아스는 화약 가루가 뿌려진 흔적을 따라 횃불을 갖다대었다. 불길은 순식간에 천막 사이를 뚫고 들어가 거대한 통 안으로 달려들었다. 천둥 같은 끔찍한 폭음, 갈기갈기 찢긴 몸뚱이들이 소용돌이쳤다.

"어이!" 요켈이 장난스럽게 친구의 가슴을 주먹으로 쳤다.

토비아스는 깜짝 놀라 현실로 돌아왔다.

"우리도 서둘러야지." 무두장이의 아들은 파이트처럼 낄낄거렸다. "또 햄 하나, 또 닭 한 마리!"

그제야 토비아스도 웃었다. 드디어 두 소년은 강을 향해 재빨리 뛰어갔다.

전투와 소음에 익숙해져 있는 말들은 쉬지 않고 풀을 뜯어 먹고 있었다. 말들은 두 형체가 나타났지만 아무런 동요도 없었다. 두 소년은 강가의 덤불에 숨어 울타리를 쭉 따라 첫 번째 큰 천막까지 기어왔던 것이다.

나뭇잎과 가지들 덕분에 몸을 잘 숨길 수 있었다. 바로 여기에서 요켈과 토비아스는 천막 사이를 뚫고 나 있는 야영지의 길과 천막의 경계도 잘 관찰할 수 있었다. 무두장이의 아들은 친구를 툭 치며, 좁은 길에 절반쯤 드러나 보이는, 덮개가 씌워진 커다란 마차를 가리켰다. "파이트 말이 맞았어. 저기가 창고로 사용하는 천막이야."

낡고 더러운 제복을 입은 남자들이 자루를 끌고 오는 것이 두 소년의 눈에 들어왔다. 어떤 남자들은 작지만 가득 채워진 가죽포대를 들고 지나갔다. 잠시 후 마차가 오더니 천막 뒤에 있는 야영지의 좁은 길로 사라졌다.

보살핌을 받지 못한 용병들, 넝마를 입은 여자들, 목발에 의지하는 쇠약해진 남자들, 아이들, 가끔씩 수레들. 이런 장면들뿐이었기에, 두 소년은 야영지에 대하여 더 이상 염탐할 것이 없었다.

파이트는 어디에 있지?

해는 벌써 언덕 뒤로 물러났고 어스름한 해 그림자가 야영지 위를 점점 넓게 덮었다.

날카로운 휘파람 소리가 짧막하게 들려왔다. 파이트는 방목장의 덤불 사이를 두리번거리며 걸었다.

요켈은 소리 없이 나뭇가지들 사이로 머리를 쏙 내밀었다. "여기요!" 요켈은 속삭였다. 파이트는 움찔했다. "어디, 빌어먹을, 어디에 있는 거야?" 그는 소년들이 숨어 있는 덤불을 금방 알아채지는 못했지만, 살랑거리는 잎사귀들 사이로 소년들의 머리카락을 발견하곤 다시 낄낄대며 웃었다. 승리감에 도취되어 그는 숨겨놓았던 노획물들을 보여주었다. "교환을 했지. 옛날처럼 말이야."

파이트가 가죽포대와 축축한 천으로 둘둘 말아놓은 커다란 덩어리를 내어주는 동안, 요켈은 그의 눈이 기쁨으로 빛나고 있는 것을 보았다.

"장교의 창고에서 꺼내 온 포도주와 치즈야. 이 모든 것을 금 시계줄과 바꿨지." 파이트에게는 교환이 대단한 승리였다.

"그럼 이제 돌아가요." 요켈이 재촉했다.

하지만 파이트가 윙크를 했다. "아냐. 아직 더 가져와야 해. 저기 언덕 위에서 만나자고."

대답도 기다리지 않고 파이트는 머리를 꼿꼿이 세우고, 왼손으로 뻣뻣해진 다리를 밀어 움직이며 야영지로 돌아갔다.

두 친구는 두려워서 파이트가 천막들 사이로 사라질 때까지 눈으로 따라갔다. "그는 군인들을 잘 아는 거야." 요켈이 확신에 차서 말했다. "어떻게 행동하는지 잘 알고 있어."

토비아스도 믿을 수 없다는 듯 고개를 끄덕였다.

두 소년은 말없이 숨어 있던 곳에 웅크리고 앉아 있었다. 그리고 들려오는 소음들에 귀를 기울였다. 사람들의 말소리, 덜컹거리는 소리, 말이 히힝거리는 소리와 웃음소리들. 이런 소리들은 강에서 나는 물소리처럼 규칙적이었다.

요켈과 토비아스는 혹시 생길 불행을 기다리고 있었지만, 결코 불행한 일이 일어나지 않기를 바랐다. 숨어 있다는 것은 얼마나 불리한지!

그 순간 큰 천막에서 욕설이 흘러나왔다. 한순간 야영지의 모든 소음들이 멈추었다.

토비아스는 절망하여 주먹을 꼭 쥐었다.

잠시 후 소음이 무자비하게 다시 들려왔다. 명령이 내려졌고, 군인들이 달렸으며 무엇보다 고통에 전 한 남자의 고함소리가 길게 이어졌다.

두 명의 보초병이 파이트를 야영지에 나 있는 좁은 길로 질질 끌고 나왔다. 그리고 잔뜩 겁먹은 소년들이 숨어 있는 곳을 지나갔다.

요켈은 분노에 차서 방목장의 덤불을 세게 잡아당겼으나, 뿌리가 뽑히지는 않았다.

야영장의 중앙에서 시끌벅적한 소음이 넘치는 동안, 토비아스와 무두장이의 아들은 노획물을 짊어지고 숨어 있던 장소를 떠나 살금살금 기어서 강가의 덤불들 속으로 다시 돌아왔다.

벌써 한 시간 이상 두 친구는 길게 뻗어 있는 구릉 위의 커다란 바위 뒤에 쪼그리고 숨어 있었다.

어둠이 서서히 몰려오자, 강은 거대한 검은 구멍으로 변해갔다. 야영장에는 불이 마치 도깨비불처럼 펄럭이며 타고 있었다.

요켈과 토비아스는 새벽까지 기다릴 작정이었다. 어쩌면 파이트가 돌아올지도 몰랐고, 보초병들을 따돌리고 도망을 칠 수도 있었다.

어쩌면. 이 말은 희박하지만, 작고도 유일한 희망의 씨앗이었다.

요켈은 뾰족한 신발 끝으로 토비아스가 치즈 덩어리를 쑤셔 넣은 자루를 건드려보았다. 처음에는 불룩 튀어나온 부분을 건드렸으나, 그 다음에는 천천히 둥글둥글한 자루 전체를 건드렸다. 자루의 밑자락에서 위로 올라갔는데, 위에서 신발을 잠시 멈추었다가, 다시 자루의 다른 편을 따라 밑으로 내려갔다.

치즈. 그렇게나 크고 머리통만큼 두껍다니! 요켈은 입을 약간 벌렸다가 신발로 자루를 또다시 건드리며 자루 탐색을 끝냈다.

토비아스는 홀린 듯 쳐다보았다. 그러다 갑자기 자리에서 벌떡 일어나 자루를 열었다. 소년의 손은 자루 속으로 들어갔고, 맛있는 치즈가 손에 잡히자 밖으로 꺼냈다. 요켈은 오른손에 칼을 들고서 친구의 곁에 무릎을 꿇고 앉았다. 하지만 그들은 치즈를 자를 겨를이 없었다. 너무 배가 고파서 치즈 덩어리를 한 입 물었고, 그러자 모든 것을 잊은 채 그들만의 잔치가 시작되었다!

심한 배고픔을 달래고 난 뒤, 토비아스는 주먹만한 치즈를 다시 축축한 천에 돌돌 말아서 자루에 넣었다.

아래에 있는 야영지를 보니 어두운 장소에 불길들이 번쩍이며 모여 있었다. "토비아스, 저길 봐!" 요켈은 좀 더 잘 보기 위해 앞쪽으로 달려갔고, 친구도 뒤를 쫓아 달렸다.

멀리서 보면 점과 같은 불꽃들이 서서히 모닥불로부터 멀어져갔다. "말을 타고 어디론가……, 어디론가 가……고 있어. 에게부시로!" 무두장이의 아들이 말을 더듬거렸다. 잔치는 끝났다. 소년은 횃불을 보았고, 야비한 웃음소리를 들었다. 저들이 바로 혼수용 함에 숨어 있던 안네를 억지로 잡아 끌어냈다!

"아냐, 토비아스!" 요켈은 팔을 쭉 뻗어서 골짜기를 가리켰다. 부대는 동쪽으로 향하더니 어두운 지역으로 들어갔다. 횃불들도 사슬 모양으로 되어 있던 것이 빠르게 흩어졌다.

소년은 한결 마음이 놓여서 허약한 친구를 안았다. 요켈은 토비아스를 자신의 가슴에 힘껏 껴안았고, 친구의 가냘픈 어깨에서 긴장이 풀리는 걸 느꼈다. 그러자 한순간 카타리나가 떠올랐다. 요켈은 팔을 내리고 토비아스에게 찡긋했다. 친구는 구김 없이 웃어주었다.

요켈은 땅을 내려다보았다. 카타리나 생각을 떨쳐버리기 위해, 요켈이 느릿느릿 물었다. "너는 그 애를 사랑해?"

토비아스는 이해하지 못했다.

"마리아 말이야." 요켈이 한마디 더 해주었다.

교회지기의 아들은 그 점에 대해서 생각해본 적이 없었다. 안네의 무덤 앞에 서 있었을 때, 마리아가 자신에게 다가왔다. 소녀는 자신을 위로해주었고, 따뜻하게 해주었다. 마치 두 사람이 오래전부터 사귀었던 것처럼. "응." 토비아스가 조용하게 대답했다.

두 친구는 이제 입을 다물고 각자의 그리움에 빠져들었다.

나지막한 외침이 밤의 적막을 깨고 들렸다. 잠시 후 크게 부르는 소리가 들려왔다. 두 친구는 벌떡 깨어나 귀를 기울였다.

"빌어먹을, 이놈들아, 도대체 어디에 있는 게야?"

파이트! 둘은 달려나갔다.

그는 두 손으로 풀의 뿌리를 잡고, 오른쪽 무릎을 가슴 위까지 들어올려 몸을 계속 버티다가 손가락으로 다시 잡을 만한 것이 있는지 더듬고 있었다. 파이트는 그렇게 언덕 위를 올라온 것이다. "이놈들아, 어디 있냐고? 지옥에나 떨어질 놈들아!" 그는 숨을 헐떡이며 욕을 했다.

군인들은 그가 입고 있던 바지를 찢었고, 마비된 다리의 허벅지에서부터 무릎을 지나 발까지 칼로 두 번이나 베었던 것이다. 하지만 피가 나오지 않자, 단도로 그의 얼굴에 나 있는 흉터를 후벼 팠다. 최악의 고문이 계속되었고, 그들은 큰 소리로 마구 소리 지르며 파이트의 항문에 막대기를 집어넣고 다시 꺼냈다.

마침내 두 친구는 부상당한 파이트를 발견했다.

"나 여기 있어." 파이트는 애써 웃으며 말을 하다, 바닥에 쓰러지고 말았다.

희미한 달빛으로 토비아스와 요켈은, 파이트의 아랫도리에 걸친 것이 아무것도 없다는 것을 알아차렸다. 그들은 손가락으로 파이트의 마비된 다리에 그어져 있는 칼자국을 만졌고, 검게 변한 얼굴도 만졌다. "피야." 토비아스가 중얼거렸다.

파이트는 큰 소리로 신음하며 몸부림쳤다. 그는 욕을 하면서 다시 몸을 추스르려고 노력했다. 두 소년은 파이트의 겨드랑이를 잡고, 무거운 몸뚱이를 함께 바로 세워 앉혔다.

"집에 낡은 목발이 있어." 파이트가 불평을 터뜨렸다. "지금 필요한데 말이야."

"우리가 도와드릴게요." 요켈이 왼팔을 그의 어깨 위에 얹었다. "토비아스와 제가 번갈아 가면서 할게요. 그렇게 하면 우리 모두 집에 갈 수 있을 거예요."

파이트는 입술을 깨물고 소년 옆으로 껑충 뛰어갔다. 그들은 쉬지 않고 언덕 꼭대기에 있는 바위까지 가서야 처음으로 숨을 골랐다.

파이트는 앉지 않았다. "너무 오래 더러운 꼴을 당했거든." 이렇게 말하고 그는 바위에 등을 기대었다.

"너희들 치즈는 다 먹어치웠냐?" 그는 자루를 보지 않고 물었다.

두 소년은 죄책감을 느끼며 배가 너무 고파서 어쩔 수 없었다고 말하면서, 그에게 남은 치즈를 내주었다.

밤에 집으로 돌아오는 길은 멀고 험했다. 요켈이 부상자를 부축하며 걷는 동안, 토비아스는 포도주가 들어 있는 포대를 짊어졌다. 그리고 두 친구는 교대로 역할을 바꾸었다.

파이트는 박자에 맞춰 숨을 헐떡이며 깡충깡충 뛰었다. 두 소년이 자주 쉬어가자고 했지만, 에게부시 마을의 관리는 괜찮다고 했다. "옛날에는 말이야, 몇 달 동안 쉬지 않고 걸어가기도 했는걸. 다리 하나에 목발을 짚고서도 그랬어."

나중에 그는 설명했다. "야영지에서 그놈들은 나를 놀려먹었지만, 나를……"

그는 잠시 말을 멈추더니 다시 이었다. "그럼, 나는 강하거든."

새벽이 밝아오자 파이트의 얼굴에서 피가 굳어서 생긴 딱지가 보였다. 두 소년은 깜짝 놀랐지만 얼마나 아픈지 차마 물어볼 수는 없었다.

무두장이는 교회의 탑에서, 에게부시로 연결되는 큰길로 걸어오는 세 사람을 알아보았다. 그는 급히 종루에서 내려와 약속한 대로 토비아스의 어머니와 교회지기 그리고 마리아를 깨웠다.

파이트와 두 소년이 돌아왔어. 우리는 잔치를 열 수 있어요! 이 같은 소식이 골목마다 전해지며 에게부시의 아침이 밝았다.

어린 다비드는 화로 옆에 있는 따뜻한 자리에서 잠을 잤다.

울술라는 신생아 곁에 딱 붙어 앉아서 무릎에 올려놓은 두 개의 신발을 들어보았다.

"정말 부드럽구나." 그녀는 주먹 쥔 손으로 정교하게 만든 가죽 신발을 쓰다듬었다. 그러자 할머니가 들려주었던 속담이 떠올랐다. '여자가 산욕을 마치고 자리에서 일어나면, 새 신을 신어야 해. 그러면 그 아이는 뛸 수 있을 때까지 죽지 않는단다.'

예전에 무두질한 가죽은 곡식인 기장이나, 계란 혹은 새로운 씨앗을 교환하는 대가로 주었다. 궁핍했으니 어쩔 수 없었다.

하지만 오늘날에는 교환할 게 더 이상 아무것도 없었다.

울술라는 신발을 볼에 가져가 다정하게 대어보았다.

"다비드를 잃지 않으려면!" 오늘 아침 남편 크리스토프는 이렇게 말하며 아내 울술라를 깨웠다. 그의 널따란 손바닥에는 신발이 각각 한 짝씩 놓여 있었다. "남아 있는 가죽이 있더라고." 그는 어색함을 숨기려고 덧붙여 말했다.

그는 보초를 서느라 피곤해서, 잔치가 열리기 전에 두어 시간 눈을 붙이기 위해 잠자리에 들었다.

마리아는 대접의 바닥에 깔릴 정도로 적은 양의 우유를 들고 열린 문 곁에 서 있었다. 그리고 어머니가 신발을 볼에다 대고 비비는 모습을 놀라서 지켜보았다.

어머니는 꿈을 꾸고 있는 거야. 마리아는 그렇게 생각했다. 이어 마리아의 머릿속은 교회지기의 아들이 걸어오고 있을 큰길을 달렸다. 밤새 그녀는 토비아스를 걱정하느라 제대로 잠을 잘 수 없었다. 그가 마침내 돌아오다니. 소년이 무사하다는 소식에 마리아는 한 없이 안도할 수 있었다.

이제 소년은 자고 있다. 마리아는 행복하게 한숨을 내쉬고 가벼운 걸음으로 거실로 들어갔다.

"엄마!" 마리아가 감정을 억누르고 엄마를 불렀다.

울술라는 깜짝 놀라 신발을 떨어뜨렸다.

"다비드에게 줄 염소젖을 가져왔어." 소녀가 잽싸게 어머니 곁에 앉았다.

둘은 이제 현실로 돌아왔다. 무두장이의 아내는 남편에게서 받은 선물을 부끄러워하며 등받이가 없는 의자에 얹어두었다. "잔치할 때 신고 갈 거야. 평상시에는 가죽이 너무 부드러워 신을 수가 없을 것 같네. 추워지면 저걸 신고 자려고."

마리아는 그렇게 하라는 뜻으로 고개를 끄덕였다. 어머니와 딸은 서로를 너무도 잘 이해했다. 울술라는 신생아에게 몸을 숙이기 전에 윗도리의 끈을 풀었다. 그런 다음 짚을 넣어 만든 천 쿠션에서 다비드를 조심스럽게 들어 가슴에 가져다댔다. 하지만 아이의 입술이 반응을 보이지 않았다. 다비드는 눈을 감고 숨을 쉬지 않았다. "너무 약해." 마리아는 머리를 살짝 흔들어 보였다.

마리아는 큰 숟가락으로 염소젖에 따뜻한 물을 부은 다음 대접을 들고 두 사람에게 가져갔다.

"젖을 어떻게 빨아야 할지 모르는 거야." 어머니가 마리아에게 걱정스러운 눈으로 말했다. 그리고 미소를 지었다. "넌 첫날부터 빽빽 울었어. 나한테 젖이 안 나와서 말이야."

"그래서?" 딸의 두 눈이 반짝 빛났다.

울술라는 신생아를 팔에 올렸다. "그래서……"

그녀는 한숨을 내쉬며 그때를 기억했다. "나는 너희들 중에서 누구한테도 충분히 주지 못했어. 하지만 너희들은 모두 살아남았단다."

마리아는 어머니 곁에 가까이 앉더니 납작한 대접을 내밀었다.

울술라가 손가락으로 염소젖을 찍어서 조금 벌어진 신생아의 입술에 발라주는 동안, 마리아가 어머니에게 물었다. "사랑에 빠지면 어때?"

울술라는 잠시 마음을 가다듬었다. 도대체 얼마나 오랫동안 그녀는 사랑에 대해서 생각해보지 않았던가!

열여섯 살에 그녀는 결혼을 했다. 결혼식은 정말 멋진 연회였다! 그 당시 군인들이 두 달 전에 에게부시를 약탈했음에도 불구하고, 결혼식 피로연은 정말 아름다웠다. 이웃사람들이 참석해주었고, 꽃다발과 소금, 빵이 있었다. 심지어 저녁에는 떠돌이 광대가 와서 재미있는 구경거리를 보여주고 푼돈을 벌어가기도 했다.

크리스토프는 다음 날 아침 무두장이였던 아버지와 함께 소 한 마리를 혼수로 가져와 마구간에 있던 염소 세 마리 곁에 묶어두었다. 그사이 그녀는 거실 뒤편에 있던 신부의 함을 열어보았다.

사랑? 울술라는 다시 염소젖 방울을 다비드의 조그만 입술에 떨어뜨려주었다.

마리아는 어머니를 바라보는 고개를 돌리지 않았다. "말해줘."

소녀는 그게 무엇인지 알아야 했다. 그것도 오늘 말이다.

"네가 아는지 모르겠다만," 울술라는 설명하기 시작했다. "우리는 정말 일을 많이 했단다. 군인들이 매년 왔으니까. 때론 그들은 모든 것을 망가뜨려놓았다. 그러면 우리는 다시 처음부터 시작해야 했어. 늘 전쟁이었지. 그리고 나는 매년 아이를 낳았어."

허약한 여자는 그밖에 다른 말을 할 수가 없었다. 하지만 그것과는 다른 대답을 애타게 기다리던 딸은 실망하는 눈치였다.

울술라는 얇은 신발을 보았다. 그리고 미소를 지었다. 크리스토프는 자신의 사람이었다. 그리고 그 사실이 기쁠 때가 자주 있었다.

"서로에게 속하게 되지."

마리아는 고마워하며 어머니를 꼭 안았다.

울술라는 염소젖을 신생아에게 넣어주려고 다시 한 번 애를 썼다. 녀석은 미동도 없이 어머니의 팔에 안겨 있었고, 혀도 움직이지 않았다.

"어디에서 힘을 얻는 거니, 다비드야?"

오전에 사람들이 장터에 모였고, 태수는 오랜만에 신이 났다. 그는 계획을 짰고 지휘를 했으며, 욕도 하고 칭찬도 했다.

에게부시 마을 사람들은 기꺼이 태수의 말을 따랐다. 잔치를 연다는 기쁨으로 그들은 새삼 단결을 하게 되었다. 하지만 희미한 희망을 지탱해줄 탄탄한 버팀목이 필요했다.

몇몇은 집에서 장작, 등받이 없는 의자와 식탁을 가져와서 보리수나무 둥치 곁에 두었다. 또 어떤 사람들은 무너진 오두막에 들어가서 막대기와 판자들을 찾아다녔다. 자신들이 살고 있는 곳에서 방해를 받자 쥐들은 화들짝 놀라서 찍찍거리며 달아났다.

장터에서는 나무들이 부딪히는 소리가 심하게 났고 남자들은 기다란 막대기를 이어서 뾰족한 나무 천막을 세웠다.

"저게 바로 우리의 기쁨을 태울, 기쁨의 캠프파이어가 될 거요!" 태수의 얼굴에서 환하게 빛이 났다. 사람들은 순간 어리둥절하여 높이 세워진 나무 천막을 한참 동안 올려다보았다.

기쁨의 캠프파이어? 사람들은 이 말을 되뇌였다.

기쁨의 캠프파이어? 물론이지, 우리는 잔치를 여는 거야!

토비아스를 깨우지 않기 위해, 마티아스와 그의 아내는 집 밖에 나와서 앉아 있었다. 돌담 사이에 붙여놓았던 점토들은 이미 오래전에 부서져 떨어져나가 버렸고, 담에는 깊은 틈새가 여기저기 눈에 띄었다. 마티아스는 두 손을 꼭 잡았다. "그래도 계속 살아야 하는 거지."

엘자는 머리를 거칠게 흔들었다. "나는 할 수 없어."

안네의 죽음은 어머니에게 깊고도 깊은 상처를 만들어놓았다.

그녀는 남편을 이해할 수 없었다. 약탈과 방화, 굶주림과 절망으로 그녀는 지난 수년 동안 아이들과 남편과 함께 고통을 당했다. 하지만 죽음은 늘 그들을 비켜갔다!

이 같은 행운 덕분에 그녀는 어떤 습격을 당해도 신에게 감사를 드릴 수 있었다. 그녀가 힘을 낼 수 있었던 것은 오로지 자식들이, 가족이 다치지 않는다는 믿음 때문이었다. 그러나 사흘 전 습격은 그 모든 용기를 갈기갈기 찢어놓았다.

"다른 사람들에게 가보자구. 어쩌면 한두 시간 잊을 수 있을지 몰라." 마티아스는 자신에게도 그렇게 끊임없이 설득했다. 어쩌면 나는 잊을 수도 있어.

엘자 호베는 퀭한 눈으로 앞에 있는 남편을 응시했다. "망각은 죄야."

마티아스는 잔뜩 두려워하며 아내의 어깨를 덥석 잡았다. 그가 사랑했던 딸은 죽었다. 하지만 엘자와 토비아스가 아직 살아 있지 않은가!

"그래도 계속 살아야지!" 그가 소리를 지르며 아내를 마구 흔들었다. 그리고 나서 그는 힘없이 아내의 어깨에서 손을 내렸다.

한동안 침묵이 흐른 뒤에 엘자는 갑작스럽게 벌떡 일어났다. 그리고 표정 하나 변하지 않고 말했다. "나는 잘 거야. 나는 부활할 거라고. 매일 저녁. 매일 아침."

그녀의 눈은 이미 죽어 있었다.

열두 명의 아이들이 소리를 지르며 마을을 떠났다. 그들은 달렸고, 비틀거리며 넘어졌다. 그리고 논밭 위를 껑충껑충 뛰었다. 아이들의 고함소리에 까마귀들은 놀라서 숲의 가장자리까지 도망을 갔다.

"잔치야!" 그들이 골짜기까지 왔을 때, 레온하르트는 꽥 소리를 지르고는 풀밭 위를 뒹굴었다. 아이들은 잔치가 뭔지 몰랐다. 하지만 모든 사람들의 얼굴에서 기쁨을 알아차렸다. 아이들은 언덕 너머로 기쁜 소식을 전했다!

"잔치래!" 그들은 마치 전달해야 할 신호처럼 고함을 질렀다. 그리고 10월의 꽃들을 꺾었다.

마을의 태수는 말썽만 피우고 다니는 어린 녀석들을 찾아다녔다. 그가 급히 마차를 가져오는 동안, 녀석들은 등받이가 없는 의자 사이에서, 식탁 밑에서 혹은 바쁜 어머니들의 다리 앞에서 엉금엉금 기어 다녔다. 이들은 맥주잔과 물잔, 대접에 흙을 담았고, 춤을 출 수 있도록 신경 써서 잘 꾸며놓은 바닥에 돌을 던졌다!

태수는 모두에게, 이런 일이 다시는 일어나지 않도록 주의하라고 당부했다.

아이들 때문에 화가 나서 폭발하기 일보 직전에 태수의 눈앞에

꽃들이 쏟아졌다. 잔치다운 잔치라면 꽃도 있어야 한다!

아이들은 지극히 중요한 임무를 받았고, 마침내 달려갔던 것이다!

이제 태수는 다시 정비된 질서를 보고 흐뭇해했다.

찬란한 일요일이 보리수나무의 잎사귀들에서 밝았다. 보리수나무의 잎사귀들이 만들어내는 그림자들은 깨끗하게 닦아놓은 식탁 위에서 춤을 추었다. 나무의 가장 밑에 있던 가지에는 얇은 끈이 달려 있었다. 넝마에서 찢은 천 조각이…….

"리본들." 땅딸막한 태수는 회색 끈이 이리저리 흔들리는 곳에서 생각에 잠긴 채 쉬고 있었다. 예전에도 불행한 일은 일어났고 몇 주 동안 지속되었어. 하지만 그런 고통이 끝나자마자, 우리는 보리수나무 밑에서 축제를 열었지. 오순절에, 전답을 시찰한 뒤에, 교회당을 헌당한 기념일에, 수확을 한 다음에 축제를 즐겼어. 하지만 천천히 삶이 질식되어 갔다. 에게부시 마을 전체에 불행이 덮친 이후부터, 보리수나무 가지에는 축제용 리본이 달리지 않았다.

"그래, 오늘까지만이야." 통통한 남자는 손으로 목덜미를 문질렀다.

"오늘 우리는 잔치를 열지." 식기를 문질러 깨끗이 닦으며 그는 말에게 설명했다.

이곳에서 한참 떨어진, 그러니까 마을 우물 뒤편에서는 잔뜩 흥분한 사람들이 두 그룹으로 나뉘어 설전을 벌이고 있었다. 세 명의 남자들이 바닥에 웅크리고 앉아서, 팔을 쭉 펴고는 엄지로 측정을 하고 있었다. 두 명은 큰 소리로 숫자를 외치며 보폭으로 구역을 측정했다. 마침내 결과가 나왔다. 발을 구르며 재어보았던 면적은 정확한 수치가 아니었다! 이제 두 그룹은 화를 내더니 뭉툭한 나무를 가져와서 땅에 박았다.

오랫동안 남자들은 축제를 준비해보지 않았던 것이다.

"내 마차는 놀이꾼들이 올라가서 흥을 돋우기에 최고지." 태수는 중얼거리며 마차를 식탁에 조금 더 바짝 밀었다. 흔들거리는 수레는 두 개의 나무토막으로 고정시켰고, 바퀴는 커다란 돌로 움직이지 못하게 했다. 이제 악사들이 마차에 올라가 연주를 하면 되었다.

불빛에 눈이 부셨다. 태수는 한 손으로 눈을 가리고 호기심에 차서 묘지의 담 쪽을 살폈다. 묘지를 파는 노인의 대머리가 마치 거울처럼 햇빛을 받아 반짝거렸다. 노인은 목관 플루트를 깨끗하게 닦고 청소했다. 바로 옆에는 대장장이와 달구지 목수가 쪼그리고 앉아 있었다. 노인은 인내심을 가지고 현악기의 일종인 피델의 현을 살짝 잡아당겨서 음에 귀를 기울였다. 그러고 나서 계속 만족스럽지 못한지 나사를 조이고 풀었다.

"음악이 있는 축제라." 태수는 두 팔을 활짝 편 채 그 자리에서 뻣뻣하게 한 바퀴 원을 돌았다.

우선 여자들이 두 소녀를 보고 미소를 지었다. 소녀들은 보리수 나무 밑에 서서 서로의 머리를 땋아주고 있었다. 수줍게 빛나는 소녀들의 아름다움이 슬픔에 젖은 여자들의 눈에 들어왔다. 여자들은 오래되기는 했지만, 옷을 넣어둔 알록달록한 상자를 뒤지고 있는 상상을 해보았다. 어쩌면 그 안에 예쁜 천이나 몸에 두를 수 있는 게 있지는 않을까?

갑자기 여자들은 급히 집으로 돌아갔다.

웃는 소리가 크게 들렸다. 남자들은 아이들처럼 즐거워했다! 그들은 고개를 끄덕이며 상대의 어깨를 툭 치는가 하면 팔을 높이 들기도 했다.

마을의 태수는 잔뜩 긴장한 채 우물가를 지나가서는 무리들 사이로 밀고 들어갔다. 이 안에서 그는 자신도 마을 남자들처럼 열광하고 싶었다. 그들은 해냈던 것이다! 놀이판이 완성되었다. 까칠까칠한 판자들은 연결한 자국도 하나 없이 나란히 이어져 있었다!

나무공은 방향을 잃지 않고, 매끈매끈한 판자 위를 균형 있게 굴러서 목표지점으로 굴렀다. 아홉 개 공 가운데 네 개가 핀을 쓰러뜨렸다!

에게부시에 목사님이 있을 때, 그는 일요일이면 설교단에서 내려와, 오전부터 술집에 가서 술을 마시고 볼링 놀이를 하던 청년들을 얼마나 욕했던가!

태수는 두 주먹을 높이 들어올렸다. "에게부시에 볼링 판이 다시 생겼어!"

과거에 태수는 그렇듯 우렁찬 목소리로 주민들 앞에서 말을 하곤 했다. 모두가 이 점을 기억하고는 감탄하는 눈길로 태수를 보았다. 땅딸막한 태수는 한순간 자신도 당황해서 숨소리조차 내지 않더니, 마침내 조금 전과 같은 목소리로 계속 말을 이었다. "다들 집으로 돌아가시오. 그리고 창고에 아직 가지고 있는 것들을 가지고 나오는 겁니다. 만일 종소리를 들으면, 우리의 축제가 시작되는 거요!"

태양은 교회의 탑보다 아득히 높은 곳에서 내리쬐고 있었다. 벽이 없는 종루에 가벼운 바람이 불었다. 총과 탄약통만이 거칠고 두꺼운 널빤지 위에 놓여 있었다.

"나를 놀려먹다니!" 파이트는 욕을 내뱉었다. "나를 가지고 말이야. 죽일 놈들!"

그는 발가벗은 채 나지막한 마구간 문 앞의 등받이 없는 의자에 앉았다. 불타고 쓰러진 오두막집들 한가운데가 그의 집이었다.

"군인들이 습격하면 최고로 숨어 있기 좋은 곳이요." 그를 걱정하는 마을 사람들이 좀 더 안전한 오두막으로 옮기라고 설득을 하면, 파이트는 남자의 키 높이 정도밖에 안 되는 판자벽을 그렇게 둘러댔다.

"원하는 곳에 살면 되기는 하지요. 에게부시에는 매년 그런 자리가 늘어날 테니." 교회지기는 그렇게 말했지만, 결코 웃지는 않았다.

파이트는 뻣뻣한 다리에 나 있는 기다란 칼자국을 벌써 깨끗하게 씻어서 천으로 둘둘 말아두었다. 손이 닿을 수 있는 곳, 그러니까 가축의 여물통에는 목발을 세워두었다. 여물통 가장자리에는 나뭇가지로 만든 갈퀴가 솟아나 있었다.

이제 파이트는 해를 향해 누웠고 커다란 칼에 자신의 얼굴을 비춰 보았다. 그는 벌어진 흉터의 말라버린 핏자국을 축축한 천으로 조심스럽게 닦아냈다. 흉터 하나는 이마 위를 갈라놓았고, 다른 흉터 하나는 코에서부터 볼을 지나 귀에까지 이어져 있었다.

"군인은 스스로 치료를 하지." 그는 잎사귀들과 냉이 뿌리들을 가지고 즙을 만들어 그것을 상처에 조심스럽게 발랐다. 그에게는 짚으로 만든 침상 곁에 치료약을 놓아두고 규칙적으로 약을 새로 제조하는 습관이 있었다.

고통이 줄어들었다. 어제 야영지에서 군인들이 칼끝으로 얼굴에 있던 흉터를 벌렸을 때, 그것은 자신에게 칼로 내리친 상처와도 같았다. 그리고 그들은 말을 타고 파이트 위를 지나갔다. 첫 번째 고통은 활활 타오르는 불이었고, 두 번째 고통은 의식을 잃게 하여 그를 땅바닥에 던져버린 것이었다. 말발굽이 그의 왼쪽 무릎을 밟고 지나갔지만, 그는 더 이상 느끼지 못했다.

"이보게!"

파이트는 머리를 돌렸다. 동요하지 않고 그는 천을 다시 약물에 적셨다.

"이봐, 자네는 저 소리가 들리지 않나?"

늙은 파이트는 아랑곳하지 않고 자신의 상처를 계속 치료했다. 태수는 뭔가 필요할 때면 꼭 나타났다.

발걸음은 등이 없는 의자 뒤에서 멈추었다. "축제를 곧 시작해야 하거든. 자네가 종을 울려줘야지."

그러자 파이트는 몸을 돌렸다. 그의 모습을 보고 태수는 발길을 돌렸다.

절름발이 노인네는 깜짝 놀라는 태수의 모습을 즐기고 있었다. 그러다가 볼에 난 흉터로 인해 아프지 않을 만큼만 인상을 찌푸렸다. "춤을 추려면 나도 좀 가꿔야 하지 않겠소? 금방 끝내고 갈 거요." 그는 꽉 찬 가죽포대를 가리켰다. "저게 포도주요. 저걸 얻으려고 내가 어떤 대가를 치렀는데."

파이트는 다시 칼을 들어 자신의 얼굴이 어떠한지 들여다보았다.

태수는 머뭇거렸다. 그는 천천히 여물통 곁으로 와서는 목발을 들었다. 갈퀴는 두꺼운 천 조각으로 둘둘 말려 있었다. 태수는 가슴 가득 동정심을 느끼고는 만신창이가 된, 벗고 있는 남자를 바라보았다. "사람의 모습이 아니군, 파이트."

하지만 파이트는 대답하지 않았다.

내가 그를 위해서 해줄 것은 아무것도 없어, 라고 태수는 생각했다. 그리고 보호벽처럼 낮은 마구간을 둘러싸고 있는 무너진 오두막 벽을 뚫어져라 보았다. "모든 게 좋아질 게야. 암, 그렇고 말고." 태수는 중얼거렸다.

축제! 오늘은 에게부시에서 축제가 열린다. 파이트는 제대로 걷지도 못하지만, 반드시 참석할 것이다!

태수는 가만히 목발을 다시 여물통 옆에 세워두었다. "자네를 대신해서 내가 사람들을 불러 모으겠네." 그는 분위기를 밝게 하려고 웃어주었다. "종만 가져가지." 그렇게 말하고 태수는 몸을 굽혀 마구간으로 가서 종을 들고 나왔다.

파이트는 등받이 없는 의자에 앉아서 빙빙 돌았다. 이제 그는 칼끝을 밑으로 내려 오른손 주먹에 쥐고 있었다.

태수의 얼굴은 해맑게 빛났다. "걱정일랑 말어. 내가 자네를 대신하여 돌아다니며 종을 울릴 테니까. 그러고 나서 자네를 장터로 옮겨줄 거야."

"이리 주쇼!" 파이트가 숨을 헐떡이며 말했다. "달라니까! 어서!" 그의 가슴팍이 올라갔다가 내려왔다.

태수는 부상당한 뻣뻣한 파이트의 다리를 가리켰다. "금세 나을 거요!"

파이트는 서둘러 목발을 잡아채고는 왼쪽 겨드랑이에 갈퀴를 끼워 넣고 등받이 없는 의자에서 벌떡 일어났다. 그는 뻣뻣한 다리의 발가락만으로 땅을 디디고 섰다. 그는 두 걸음 만에 태수에게 다가가더니 얼른 종을 빼앗았다. "종을 만질 생각도 하지 마시오!" 그가 태수의 얼굴에다 대고 냅다 고함을 질렀다.

이마와 볼에 파여진 흉터가 실룩거렸다. "내가 이제 끝장이라도 났다고 생각하시오? 자, 이걸 보라고!"

발가벗은 남자는 절룩거리며 여물통으로 가더니 종을 마구 흔들었고, 마구간 문으로 다시 돌아오면서 이번에는 태수의 머리 위에다 대고 종을 흔들었다. 어찌나 세차게 흔드는지 종의 추가 종에 닿는 것이 보이지 않을 정도였다.

"이건 내 종이라고." 파이트가 흥분하게 거칠게 말했다. "나는 이 마을을 위해 일하는 관리란 말이오!" 이마의 상처에서 이제 검붉은 피가 흘러 나왔다.

"포도주 포대나 들고 사라져요! 내가 축제를 알리는 종을 흔들

테니까!" 파이트는 입을 다물었으나, 그의 눈은 계속 외쳐대는 듯했다.

당황한 태수는 포도주가 들어 있는 가죽포대를 들었다. 그는 다시 한 번 부상당한 파이트를 내려다보았다. "서둘러야 하네, 관리양반. 우리가 없으면 축제를 열 수가 없지." 태수는 곧장 몸을 돌려서 무너진 오두막 사이를 빠져나갔다.

10월 6일 오후는 마치 반짝이는 유리 지붕처럼 에게부시 마을 위에 넓게 퍼져 있었다.

모두들 시작을 알리는 신호를 기다렸다.

기다림……. 오늘은 가슴에서 무성하게 자라나 숨을 턱턱 막히게 하는 무서움에 짓눌린 날이 아니었다. 웃으면서 초조하게 기다릴 수 있는 날이었다.

공포심 없는 기다림. 에게부시 마을 사람들은 오랫동안 그것이 무엇인지 모르고 살았다.

갑자기 축제를 알리는 종소리가 들렸다!

순간, 공포심이 다시 요동을 쳤다. 군인들! 사람들은 두 손을 꼭 마주 잡았다.

"축제가 시작이오!" 파이트의 목소리가 크게 울려 퍼졌다.

"축제가 시작이오!" 아이들이 뛰쳐나오더니 파이트를 따라가면서 환호성을 질렀다.

파이트는 목발을 짚고서 종을 흔들며 계속 걸어갔다.

젊은 남자들은 기대에 차서 기다리다가, 종이 울리자 마침내 서로를 끌어안았다. 소녀들은 어머니 곁에 붙어 서 있었고, 남자들은 싱긋이 웃었다. 그러고 나자 이제 모두들 마을의 관리 파이트를 따라갔다. 마르타가 사는 골목길에서만 종소리는 아무런 효과가 없었다.

소수의 사람들이 무리를 이루어 도착한 곳은 장터였다.

"요놈 강아지야, 잘 들어봐라." 무덤을 파는 노인은 수레에 올라가 당당하게 몸을 펴고서 대장장이를 향해 머리를 끄덕였다.

즐거운 멜로디가 사람들을 향해 울려 퍼졌고, 음악은 모든 고통을 훌쩍 넘어섰다. 사람들은 떼를 지어 있다가 흩어져서 보리수나무 아래까지 왔다. 그들은 마치 숨을 쉬지 않으면 노래를 꼭 붙잡아 둘 수 있는 것처럼 경건하게 호흡을 멈추었다. 대장장이와 무덤을 파는 노인은 계속 연주를 했다.

아이들은 잽싸게 손에 손을 잡고 원을 만들어서는 껑충껑충 뛰었다. 옛날에 하던 놀이였다! 하지만 그들은 서서히 음악에 귀를 기울였다. 그들은 걸음을 박자에 맞추려고 노력하였고, 그러고 나자 저절로 춤이 되었다.

여자들은 남편들을 마주보았고, 청년들은 소녀들에게 마음을 빼앗겼다. 서로의 손을 잡은 채……. 늙은 사람들은 줄을 서서 두 팔을 벌렸다. 이들은 마차 앞에서 원을 만들었고, 그리하여 사람으로 이루어진 꽃다발 모양이 되었다.

축제의 바퀴가 돌아가기 시작했다.

보리수나무 가지에 달려 있던 아마포 끈이 가볍게 흔들거렸다.

"알록달록한 리본이다!" 마을의 태수는 행복에 겨워 얼굴이 환해졌다.

요켈은 카타리나와 너무 멀리 떨어져 있다고 느꼈다. 그래서 눈으로라도 그녀를 담아두려고 애를 썼다. 원은 점점 빨리 돌아갔다. 남자들이 웃었다. 속도는 더 빨라졌다. 마리아와 토비아스는 손에 손을 잡고 있었다. 또 원이 돌아갔다. 크리스토프. 더 빨리. 여자들이 미소를 지었다. 요켈은 어지러운 느낌이 들었고 악사들은 연주를 계속 했다.

깨끗하게 닦아둔 식탁 위에는 대접들이 있었다. 대접은 모두 비어 있었다! 어떻게 씨앗과 도토리, 엉겅퀴로 만든 죽이나, 물과 약초를 잘게 부수어서 만든 스프를 축제에 가져 나올 수 있었겠는가?

두 개의 맥주잔에는 아이들을 위해서 물을 섞은 염소젖이 담겨 있었다. 그토록 원하던 맛있는 음식이었다.

보리수나무 아래에서 파이트는 등받이 없는 의자에 황제처럼 떡하니 자리를 잡고 있었다. 그는 가죽포대를 열어 포도주를 커다란 나무 양동이에 부었다. "이 향기!" 그의 얼굴이 환해졌다. "나는 이걸 구하기 위해 전투를 벌였어, 울술라." 파이트는 다시 한 번 확인하듯 말했다.

무두장이의 아내는 미소를 머금으며 포도주에 물을 부었다.

"됐어." 파이트가 양동이 위를 자신의 손으로 얼른 가렸다. 그리고 머리로 악사들을 가리켰다. "그렇소, 울술라. 해산을 하거나 절름발이가 되면, 춤을 출 수 없지."

파이트는 두 잔을 따라서 한 잔을 무두장이의 아내에게 건넸다. "어제 나는 싸웠지." 그들은 포도주를 들이켰다.

바퀴는 계속 돌았다.

춤추는 무리들로부터 멀리 떨어진 곳에 엘자 호베는 창백한 표정으로 뭔가를 뚫어지게 쳐다보고 있었다. 그녀는 옆에 서 있던 남편에게 교회 탑 위를 가리켰다. "저기 봐. 비어 있어."

교회지기는 얼른 종루를 올려다보았다.

보초를 서는 사람이 아무도 없었다! 축제용 의상 따위는 이제 그에게도 아무런 의미가 없었다. 그는 망설임 없이 교회 위로 올라갔다.

엘자는 달려가 남편의 팔을 붙잡았다. "안 돼, 마티아스." 그녀는 입술을 떨고 있었다.

키 큰 남자는 아내로부터 벗어나려 했으나, 아내는 남편의 옷을 잡고 놓지 않았다.

"엘자, 한 사람은 보초를 서야 할 게 아니야?"

그러자 아내는 남편에게 다가갔다. "내가 할게."

마티아스는 남자의 기백으로 그것을 허락할 수 없었다.

슬픔에 젖은 여자는 남편을 노려보며 한심한 듯 멀리 있는 사람들을 가리켰다. "저기 저 꼴 좀 봐! 얼마나 미친 듯 고함을 지르고, 다리를 번쩍번쩍 드는지! 저들은 모든 것을 잊었어."

그녀는 분노에 차서 주먹을 불끈 쥐었다. "저들은 얼마나 멍청한지!" 그녀는 장터를 지나 교회 쪽으로 서둘러 걸음을 옮겼다.

교회지기는 더 이상 아내를 붙들고 싶지 않았다. 종루에 앉으면 숲의 가장자리까지 환히 보였다. 그리고 그 자리도 잘 보였다. 딸아이가 죽었던 그 자리.

마티아스는 눈을 비볐다. 사람들은 잊었을까? 아무리 축제라도 저렇게 시끄럽게 떠들 수는 없었다.

그는 방향을 바꾸어 무거운 걸음으로 보리수나무를 향해 걸어갔다.

바퀴는 계속해서 빙글빙글 돌았다.

굶주린 사람들은 묽게 탄 포도주를 마셨지만 금세 취했다. 그들은 충만해져서 눈물을 흘리며 노래를 불렀다.

나무공은 점점 더 세차게 볼링 판 위를 굴러갔다. 핀들은 나무로 잘 깎아 만든 것이었다. 쉽게 지는 사람들은 승자와 갑작스럽게 앙숙이 되었다.

여자들과 남자들이 너도나도 밀려들었다. 모두들 공을 잡고 싶었던 것이다. 그것이 바로 권력이었다. 주민들은 제각기 자신의 분노를 담아 공을 굴렸다. 모두들 숨을 죽였다. 그러다가 공에 맞아 쓰러진 핀들을 보면 환호를 질렀다.

춤을 추고 노래를 하며 마을 사람들은 승리를 축하했고, 서로 부둥켜안았다. 그러고 나면 또 계속 춤을 추었다.

어둑해지기 시작하자 불길은 마른 나무를 '딱' 소리를 내며 삼켰고 장터 위에까지 타고 올라갔다.

기쁨의 캠프파이어! 불길은 사람들의 얼굴을 비추었고, 나무를 태웠으며, 스스로 불타올라 오랫동안 어둠을 밝혀주었다.

마차 위에 있던 기다란 나무 플루트 옆에는 현악기 피델이 있었다.

악사 두 사람은 피곤해서 그만 마차에서 내려와 보리수 아래에

둥그렇게 둘러앉은 사람들 곁에 섰다.

에게부시 마을 사람들은 행복하게 옹기종기 앉아서 지난 시절에 경험했던 따스한 온기를 꼭 붙들고 있었다. 무덤을 파는 노인은 개를 안고 다정하게 쓰다듬었다.

그들은 새로 피어난 희망에 대해서 이야기했다. 각자는 그리움을 안고 돌탑을 하나 세웠고, 그러면 다른 사람들이 그 위에 돌을 얹었다.

"군인들도 두려워하오." 파이트가 갑자기 그렇게 말하고는 목발을 땅에 짚었다.

"나는 그들이 누구를 두려워하는지 잘 알고 있소. 철갑을 입은 자이지."

그러자 사람들은 더 가까이 붙어 앉았다.

"한 번도 철갑을 두른 자를 보지 못했을 거요." 한쪽 다리가 마비된 남자는 눈을 번쩍이며, 시커먼 강철로 만들어진 거대한 상에 대하여 이야기해주었다.

"한밤중에 그가 갑자기 부대 중간에 떡 하니 서 있는 게 아니겠소. 군인들이 갑옷을 입은 자를 보자마자, 오래전부터 몸에 있었던 상처들이 다시 벌어져 터지는 겁니다. 피가 나자 군인들은 고함을 지르며 들고 있던 무기를 팽개쳤지요. 그러고는 모두들 겁에 질려 집으로 도망가버렸소.

철의 남자는 텅 빈 전쟁터를 쿵쾅거리며 걸어다녔고 군인들이 남겨둔 무기들을 몽땅 삼켜버렸지요. 그가 '쿵!' 하는 소리를 내고 화를 내는 소리가 밤새 들렸소이다. 새벽이 되어서야 그는 잠이 들었지요."

파이트는 입을 다물었다.

축제의 바퀴가 멈추었다.

경작지 위에 긴 띠처럼 뻗어 있던 안개들은 아침의 태양빛을 받아 이미 사라져버린 후였다. 유난히도 길었던 일요일을 보내고 사람들은 안심하고 푹 잠을 잤다.

10월 7일, 에게부시는 늦게 깨어났다.

태수는 활기찬 걸음으로 장터를 지나갔다. 나무를 조각해서 만든 핀들은 나무판 여기저기에 흩어져 있었다. 핀을 쓰러뜨리는 놀이였던 나무판을 지나자 술잔 몇 개가 우물의 뚜껑 위에 놓여 있었다. 땅딸막한 남자는 보리수나무 아래에 잠시 서 있었다. 맨 아래의 나뭇가지에는 회색의 끈들이 바람에 흔들거리고 있었고, 땅에는 통나무와 등받이 없는 의자가 몇 개 뒹굴고 있었다. 악사들을 위한 수레는 식탁 곁에 외로이 방치되어 있었다.

축제가 끝난 뒤의 축제 장소. 태수는 숨을 깊이 들이쉬고 두 팔을 앞으로 쭉 뻗었다. 어제를 생각하니 기분이 좋았다!

교회 쪽으로 가면서, 태수는 쟁기의 보습을 날카롭게 갈아야겠다고 생각했다. 경작지에 쟁기질을 해야겠어, 라고 태수는 결심을 하고서는 사다리를 타고 교회의 탑으로 올라갔다. 쟁기질이라!

엘자 호베는 고개를 약간 숙이며 태수에게 인사했다.

그녀는 종루에서 자고 있는 남편 곁에 꼿꼿하게 앉아 있었다. 그녀의 두 눈은 서쪽을 응시하고 있었다. 해를 보고 싶지 않았던 것이다. 무릎 위에는 작은 탄약통과 총이 보였다.

"늦게 오셨습니다."

땅딸막한 남자는 간단한 그녀의 말에 가시가 있음을 알아차렸다. 그러나 침묵했다. 엘자 역시 자신의 근심거리를 곧 잊게 될 것이다. 그녀도 잊어야 하지, 라고 태수는 생각하면서 교회지기를 깨웠다. "오늘은 내가 보초를 서도록 하겠네."

마티아스는 힘들게 일어났다. 지난밤의 냉기로 인해 사지가 쑤셨다. 어제 축제가 끝나기 훨씬 전에, 그는 아내가 있는 곳으로 올라왔다. 마티아스는 그녀 곁에서 힘든 시간과 근심을 함께 나누었다.

"이보게, 학교를 다시 여는 게 어떻겠나? 아이들이 성경을 배워야 할 것 같아서 말이야."

마티아스는 태수의 말에 깜짝 놀라 그를 바라보았다. 태수에게서는 생동감이 뿜어져 나오고 있었다. 안네의 죽음과 이 널찍한 얼굴 사이의 간극은 너무나 깊었다. 마티아스는 대답 대신에 입을 다물었다.

마티아스는 잽싸게 아내를 들어올려서 사다리 앞에 내려놓았다. 엘자는 발판을 밟고 내려갔고, 마티아스는 태수를 쳐다보지도 않고 아내의 뒤를 따라 내려갔다.

무두장이는 좁다란 마구간 문을 열었다. 요켈과 토비아스는 코를 골면서 염소 옆의 짚 위에서 자고 있었다. 어제 축제가 끝난 뒤에 교회지기의 아들은, 부모님이 함께 교회의 종루에서 보초를 서는 동안 혼자 집에서 자고 싶지 않았다.

크리스토프는 소년들이 자고 있는 곳으로 가서 발끝으로 살짝 건드렸다. "일어나야지! 벌써 날이 밝았어!"

그러고 나서 그는 염소 곁에 구부리고 앉았다. 젖을 짜기 전, 그는 염소의 얄팍한 젖통을 조용히 쓰다듬었다.

안마당에서는 엘리자베스, 발렌틴과 레온하르트가 작업장의 판자벽에다 대고 돌을 던지고 있었다. 커다란 옹이구멍을 맞추는 사람이 이기는 놀이였다. 그들의 하루가 시작되었다.

크리스토프가 소년 둘과 함께 집 안으로 들어왔을 때, 울슐라는 지푸라기를 넣어 만든 자루 앞에 가만히 무릎을 꿇고 있었다. 그녀는 새 신발을 신생아를 눕혀놓은 움푹한 곳의 가장자리에 얹어두었다. 어머니 곁에 마리아가 손으로 입을 가리고 서 있었다.

"다비드가 죽었어."

무두장이는 눈을 감았다. 거인! 어떻게 이 작은 아이가, 힘도 없고 보호도 받지 못한 채 너희와 대항해서 싸울 수 있겠어?

축제는 사기극이었다. 현실은, 일상의 새로운 불행은 희망과 꿈을 위한 한 치의 공간도 허용하지 않았다. 서두르지 않고 크리스토프는 대접을 식탁 위에 내려놓았다.

한참 뒤에 그의 아내는 머리를 돌려 남편을 쳐다보았다. "녀석은 한 번도 배가 고프지 않았어. 굶주림이 무엇인지 결코 몰랐을 거야." 그 생각을 하면서 그녀는 미소를 지었다.

크리스토프는 아내에게 다가가서 두 손으로 아내를 들어올린 뒤, 품에 꼭 안았다. "다비드를 할머니한테로 보내는 거야. 아직 손자를 못 보셨잖아."

울술라는 그의 어깨에 머리를 기대었다.

얼마 후 그녀는 품에서 빠져나와 머리를 뒤로 넘기더니, 마리아에게 젖을 물로 섞어달라고 부탁했다. 신생아는 그것을 마셔야 했다.

마당에서 아이들은 미친 듯 고함을 지르며 놀고 있었다. 즉시 요켈과 토비아스가 마당으로 뛰어나갔다.

레온하르트가 울부짖었다. 녀석은 바닥에 무릎을 꿇고 있는 형과 누나의 윗도리를 뒤에서 끌어당기려고 했지만 힘에 부쳤다.

엘리자베스와 발렌틴은 레온하르트가 목에 걸고 있는 것을 빼앗아, 그것을 나누려는 중이었다. 레온하르트는 큰형을 보자마자 형에게 한달음에 달려갔다. "내 목걸이야! 형이 나한테 선물했잖아!"

요켈은 레온하르트의 이마를 쓰다듬으며 달랬다. 내가 기도한 게 통한 거야. 요켈은 그런 생각을 하며 속으로 감사를 드렸다. 레온하르트는 이제 위험하지 않아.

토비아스는 재빠르게 레온하르트의 목걸이를 빼앗았고 요켈은 그것을 여섯 살 먹은 막내의 목에 다시 걸어주었다.

"이 목걸이가 널 영원히 지켜줄 거야." 이 말을 하는 요켈은 마음이 얼마나 가벼웠는지 몰랐다.

울술라는 죽은 다비드를 천으로 돌돌 말았다. 그녀가 작은 시체를 아마포로 만든 자루 속에 넣어 실로 꿰매는 동안, 무두장이는 삽을 가져와서 아이들을 뜰로 불러 모았다.

다비드는 성경의 이름으로 세례를 받았다. 신생아는 이틀 살았다. 크리스토프는 신생아를 묻어주기 위해 교회지기를 부를 필요가 없었다. 에게부시에서는 금방 태어난 신생아들이 일주일도 못 넘기고 죽어서 예배도 없이 매장되는 경우가 허다했다.

"저도 같이 가도 되나요?" 토비아스는 요켈의 가족과 함께 묘지에 가기를 원했다.

마리아는 고맙다는 말 대신에 소년의 손을 잡았다.

교회의 탑에서 태수는 한참 동안 묘지를 확장한 땅에 몇몇 사람들이 모여 있는 것을 보았다. 나무 울타리 근처에서 무두장이와 그의 아들이 할머니를 묻어둔 묘지를 다시 팠다.

기도 소리가 들려오자 마을의 태수는 동정심이 우러나 두 손을 꼭 모았다.

그는 어린 다비드를 결코 잊지 못할 것이다. 비록 살아 있지는 않지만, 그 아이 덕분에 에게부시 마을은 새로운 희망을 품을 수 있었다. 아니, 그 아이를 결코 잊고 싶지 않다고 말하는 게 더 정확할 것이다.

무덤은 흙으로 채워졌다.

땅딸막한 남자는 다른 생각을 하면서 언덕 주변에 있는 경작지를 내다보았다.

군인들!

이리저리 흩어진 기다란 쇠사슬 모양으로 보병들이 구릉을 내려오고 있었다. 큰길에는 기병들이 말을 타고 가고 있었는데, 말 뒤에는 마차가 달려 있었다. 말들이 앞다리를 위로 쳐들어서 마차에 올라탔다. 이 높다란 마차는 큰길 옆에 세워두기 전에 미끄러졌다.

목초지 언덕에 이르러 길은 쇠사슬 모양의 보병들로 정체되었다. 그들이 총을 몇 발 쏘아대자, 행렬이 다시 움직이기 시작했다. 커다란 칼을 찬 그들은 괴성을 질러댔다.

태수는 교회 문을 박차고 밖으로 뛰었다.

"군인들이 온다! 벌써 경작지까지 왔어!" 아내와 딸 걱정으로 태수의 얼굴은 딱딱하게 굳어 있었다. 그는 정신없이 장터를 지나갔다.

이제 고함소리는 좁은 길에까지 퍼져나갔고, 마침내 사방에서 메아리처럼 대답이 돌아왔다.

"군인들이 온다!" 에게부시 전체에 경보가 내려졌다.

무덤 앞에서 고함소리를 처음으로 들은 사람들은 마비된 듯 꼼짝을 할 수 없었다.

"군인들이 온다! 벌써 경작지까지 왔어!"

돌연 마비가 풀렸다.

"집에 가자! 빨리!" 울술라는 서둘러 어린 자식들을 잡아끌었다. 출산 후 몸을 제대로 추스리지 못한 그녀는 비틀거렸고, 나무 십자가 위로 넘어져서 땅에 쓰러졌다. 그러자 요켈, 마리아와 토비아스는 동생들의 손을 빨리 잡아챘다.

크리스토프는 아내를 들어올렸다.

"나를 구하지는 못해요!" 울술라는 절망으로 흐느껴 울었다. "애들이나 구해요! 애들을 집으로 데려가요!"

언덕 밑으로 내려오는 무리들의 고함소리는 점점 커졌다.

크리스토프 마르카르트도 갑자기 공포심에 휩싸였다. 그의 생각은 또렷했다. 집 안에는 화덕에 불이 아직도 타고 있었다. 염소는 아직 마구간에 있었다. 불을 끄고, 염소를 숨길 만한 시간이 없었다. 무두질하던 작업장이 죽음으로 이끄는 덫이 되다니!

"여기에 있는 게 좋을 것 같아, 울술라." 그가 결단을 하고 단호하게 말했다.

"요켈!" 그가 소리를 질렀다. 도망을 치던 아이들은 벌써 나무 울타리에 난 넓은 문에까지 가 있었다. "다시 여기로 돌아와! 얼른!"

머뭇거리지 않고 큰 아이들은 동생들을 데리고 무덤이 있는 곳으로 돌아왔다.

"집에는 숨을 데가 없어!"

무두장이는 숨을 곳을 열심히 찾아보았다. 무덤 뒤에는 모두가 숨기에 적합하지 않았다. 순간 나무 울타리가 높은 묘지의 담과 연결되는 곳이 눈에 들어왔다. 모두가 잘 숨을 수 있는 유일한 장소였다.

"담으로 가자!"

그들은 서둘러 십자가를 지나갔다. 크리스토프는 아내를 부축하여 데리고 갔다.

"마리아, 요켈, 토비아스! 애들을 땅에 엎드리게 해라. 담에 딱붙어서. 너희들은 그 위에 엎드려!"

말이 떨어지기가 무섭게 요켈은 레온하르트를 잡았고, 마리아는 엘리자베스를, 토비아스는 발렌틴을 데리고 땅에 엎드렸다. 그들은 담 쪽으로 좀 더 가까이 밀착해서, 돌을 몸으로 누를 정도로담에 꼭 붙어 있었다. 큰 아이들은 몸으로 동생들을 덮었고 무서워서 칭얼거리는 소리를 제발 그만하라며 달랬다.

그때까지 크리스토프는 서 있었다. 그는 아내를 격하게 안았고, 울술라가 앞으로 몸을 움직이자 아이들 뒤에 꼭 붙어서 몸을 엎드렸다.

비바람에 삭아서 회색이 된 돌담은 회색 옷을 입은 그들을 잘 보호해주었다.

또다시 엄청난 폭력이 에게부시 마을에 덮쳤다. 말들은 큰길에서 좁은 골목길까지 뛰어 들어왔고, 노획물을 싣고 갈 마차들의 바퀴는 귀청이 떨어지게 덜거덕거렸다. 보병들은 고함을 지르며 오두막집을 통과해서 장터에 모였다.

마을이 접수되었다! 너덜너덜한 제복을 입은 남자들은 승리를 앞두고 야비하게 웃었다. 이런 싸움은 재미가 있었다!

그들은 무기들을 내려놓았다. 명령이 하달되었고 군인들은 급히 칼을 뽑아서는 사방팔방으로 무리를 지어 갔다.

요켈은 두 손으로 흙을 긁었고, 어깨가 덜덜 떨렸다.

"형, 무서워?" 레온하르트가 얼굴을 벽에다 붙이고 온몸을 돌돌 만 상태에서 물었다. 형의 몸은 마치 지붕처럼 자신을 보호해주고 있었다.

"응, 무서워." 요켈이 속삭였다.

카타리나. 지하실로 도망가서 숨을 시간은 있었을까?

요켈은 소리를 지르지 않으려고 동생의 머리에 입을 꾹 눌렀다.

한 무리의 병사들이 시끄럽게 떠들어대며 묘지를 지나갔다. 나무 울타리 위로 보이는 것은 오로지 기병의 머리뿐이었다. 소년의 눈은 잠시 무덤들을 훑어본 다음 곧장 앞으로 향했다.

에게부시에서 사람 사는 집 같지 않게 보이기 위해 대문과 창문을 떼낼 여유가 있었던 주민은 아무도 없었다.

약탈자들에게는 그 어느 때보다 쉬운 게임이었다.

집 안에 있다가 밖으로 끌려나온 여자들이 절망에 빠져 지르는 소리는 아이들이 우는 소리와 섞였다.

남자들은 고통으로 울부짖었다.

에게부시는 절규로 뒤덮였다!

약탈자 네 명은 묘지 근처에 있는 작은 돌집의 문을 열고 안으로 들어갔다. 그들은 칼로 짚으로 덮어둔 침상을 찔러보았고, 항아리들을 쓰러뜨렸으며, 상자 하나를 열었다. 먹을 만한 것은 아무 데도 없었다. 가져갈 만한 가치가 있는 것도 없었다.

그들은 구석에 누더기로 몸을 숨기고 있는 무덤 파는 노인네를 발견했다. 그는 개를 끌어안고 있었다. 한 손으로 개의 주둥이를 잡고 있었다.

"그걸 이리 내놔!"

노인은 개를 더 힘껏 안았다.

약탈자들은 개를 다치지 않게 하려고 노인의 머리를 단번에 내리쳤다. 개는 아주 훌륭한 노획물이었다.

장터에 제일 먼저 돌아온 부대는 염소들, 말 한 마리, 아이들과 여자들을 데리고 왔다. 청년들과 남자들은 손이 묶인 채 끌려와서는, 군인들이 두 명의 소녀를 겁탈하는 광경을 지켜봐야 했다. 약탈자들은 괴성을 지르며 소녀들이 입고 있는 옷을 찢었고 그리고는 덮쳤다.

소녀들의 머리카락은 축제 때 땋았던 그대로였다. 두 명의 소녀가 지르는 비명소리는 절망의 외침이었다.

묘지의 담에 숨어 있던 크리스토프는 신음소리를 내지 않으려고 애를 썼다. 만일 저들이 울술라와 아이들을 발견한다면? 나는 저런 악마들로부터 우리 식구들을 보호하지도 못해!

무력한 자의 비애가 마음에 깊은 상처를 냈다.

토비아스는 발렌틴과 함께 나지막한 소리로 기도를 올렸다. 요켈과 마리아는 동생들을 꼭 숨겼다. 각자는 자신들이 보호하고 있는 아이들을 위로하기 위해 혼신의 힘을 다했다.

울술라는 커다란 눈을 하고 비명소리를 들었다. 그녀는 또다시 용병 두 사람을 보았다. 그들은 그녀의 어린 아들 세바스티안을 데려 갔었다…….

두 개의 부대가 에게부시를 집집마다 샅샅이 뒤졌다. 좁고 어두운 골목에 사는 마르타의 집에도 용병들은 쳐들어갔다.

마르타는 실성한 눈으로 화덕 곁에서 기다리고 있었다. 어린 딸은 어머니에게 꼭 매달려 있었다.

"염소 있나?"

마르타의 눈은 마당으로 향했다. 군인들은 승리감에 젖어 밖으로 뛰어나갔다. 금세 그들은 비틀거리며 오두막 안으로 들어왔다.

비쩍 마른 여자는 창백하게 변한 얼굴들 가운데 하나에 침을 뱉었다.

"내가 다 먹어치웠어. 남아 있는 게 없지. 프리드리히는 내 소유였거든."

군인들은 칼을 들어 마르타와 딸아이를 베었다.

에게부시에는 이제 더 이상 약탈할 게 남아 있지 않았다. 그리하여 부대마다 속속들이 장터로 돌아왔다.

이놈들이 어제 여기서 축제를 열었잖아! 군인들 몇몇이 분노에 차서 여기저기 나뒹굴고 있는 술잔을 우물 담을 향해 던졌다. 오늘은 비쩍 마른 염소 네 마리, 뼈밖에 남지 않은 말 한 마리, 닭 두 마리와 개가 전부란 건가?

도대체 비축물을 어디에다 숨겨뒀다는 거야? 소들은 어디 있어? 돼지는? 곡식들은?

몸이 묶인 남자들은 아무것도 없다는 대답만 할 뿐이었다.

용병들의 실망은 점점 광기로 변하였다.

그들은 실성한 듯 화를 내며 아이들의 손을 베었다.

비축물은 어디 있어?

아버지들은 기절할 것처럼 흐느꼈다. 짐승보다 못한 용병들은 눈물을 흘리는 아버지들의 눈을 칼로 찔렀다.

용병들은 탐욕스럽게 아무런 힘도 없는 사람들을 괴롭히고 놀려 먹었다.

바깥에서 발자욱 소리가 다가왔다.

마을 사람들의 경고에 엘자는 마치 돌처럼 네모진 식탁에 앉아 있었다. 그녀의 남편은 팔꿈치를 식탁에 대고 두 손으로 얼굴을 가리고 있었다. 그의 앞에는 가죽으로 잘 말아둔 커다란 성경책이 놓여 있었다. 토비아스는 그들 곁에 없었다!

약탈자들은 자그마한 돌집 문 앞에 도착했다.

나무가 쪼개지는 소리가 났고, 이 소리는 허약한 여자에게 또다시 그 밤을 떠오르게 했다. 그들이 혼수용 함에서 안네를 끌어냈을 때, 안네는 잔인한 손에 끌려 나가지 않으려고 저항했다. 음탕한 육욕에 사로잡혀 악마들이 고함을 지르는 사이에, 엘자는 두려움에 휩싸인 딸의 외침을 들을 수 있었다. "도와줘! 엄마, 제발 도와줘!"

"숨겨둔 것 있으면 당장 꺼내와!" 용병 두 명이 식탁 앞에 다리를 쩍 벌리고 서 있었다. 그들은 칼끝으로 오두막의 바닥을 들쑤셨고, 위압감을 조성하면서 손잡이 끝에 의지해 있었다.

"몸뚱이를 얼른 움직여!"

마티아스는 어쩔 줄 모르고 두 손을 배 위에 얹었다. "우리는 아무것도 없소이다."

"기다려보게들." 엘자는 서두르지 않고 자리에서 일어나, 용병들에게 기다리라는 몸짓을 하고, 대접과 냄비들을 올려놓은 선반으로 갔다.

누더기를 걸친 군인들은 만족한 듯 히죽히죽 웃었다.

엘자는 왼팔로 커다란 도가니를 안고, 오른손으로 도가니 바닥을 잡고서 식탁에 돌아왔다. 마티아스는 놀라서 아내를 멍하니 쳐다보았다.

두 약탈자 중 한 명은 더 이상 기다릴 여유가 없었다. 그는 바짝 마른 여인의 곁으로 두 발자국 다가가서 수염 난 얼굴을 도가니 안으로 숙였다.

엘자는 철로 만든 도가니를 남자의 가슴까지 누른 다음, 도가니 밑에 숨겨두었던 칼을 오른손으로 잡고 칼의 손잡이만 남을 정도로 남자의 가슴을 찔렀다.

군인은 깜짝 놀라서 머리를 들었다.

무거운 도가니는 덜거덕거리며 바닥에 떨어지더니 식탁 밑으로 굴러갔다.

그녀의 얼굴은 믿을 수 없다는 듯 파랗게 질렸다. 두 눈은 무서움에 괴성을 질러대는 듯했다.

엘자는 매순간 죽음을 맛보고 있었다.

서서히 생명이 꺼진 몸뚱이가 바닥에 주저앉더니 그녀의 발 앞에 쓰러졌다.

동료 군인이 어리둥절한 상태에서 마침내 깨어났다. "비상!" 그가 칼을 잡았다. 하지만 마티아스가 그를 덮쳤다. 두 사람은 뒤엉키어 바닥에 굴렀다.

교회지기의 손은 약탈자의 목을 졸랐다. "네 놈이 우리 아이를 학살했어!" 마티아스는 숨을 헐떡였다. 궁핍, 굶주림, 불행이 약탈자의 목을 졸랐다.

고함소리에 약탈자 세 명이 좁은 집 안으로 급히 들어왔다. 그들은 어이없는 표정으로 죽은 동료와, 군인을 거의 제압하고 있는 키 큰 남자를 보았다.

그들은 분노의 괴성을 지르며 긴 칼로 교회지기의 등을 찌른 다음, 신발로 그의 몸을 짓밟아서 힘들게 숨을 몰아쉬는 동료로부터 떼내었다.

엘자는 그녀의 발 앞에서 칼에 찔려 죽은 병사를 물끄러미 쳐다보고만 있었다.

약탈자 한 명은 미친 듯 고함을 지르며 그녀의 목을 잘랐다. 성경은 가져갔다.

동료 한 명이 살해되었다는 소식은 장터에 사형선고로 전해졌다. 아이들과 여자들 그리고 남자들이 끔찍한 고통에 울부짖으며 순식간에 목숨을 잃었다. 하지만 피 맛을 본 군인들은 보복을 멈추지 않았다. 용병들은 횃불을 들고 비어 있는 골목길로 달려갔다.

도처에 불길이 활활 타올랐고, 불길은 이웃집으로 옮겨 붙었고, 점점 퍼지더니 삽시간에 마을 전체가 불바다가 되었다.

마침내 불길이 교회 탑 위에 있던 종루에 다다르자, 군인들은 마치 승리의 북소리가 울린 듯 불길을 보고 환호를 질렀다.

말들은 좁은 길을 통과해서 큰길까지 달려갔고, 노획물을 실은 수레의 바퀴들이 덜거덕거렸다. 용병들은 즐겁게 노래를 하면서 행진해갔다.

오후였다. 어쩌면 군인들은 저녁이 되면 또 다른 마을을 습격할지도 모른다. 전쟁이 그들을 먹여 살려야 했으니까.

시끄러운 노랫소리가 멀어져갔다. 다만 불이 탁탁 소리를 내며 탈 뿐이었다. 뜨거운 열기가 묘지 위로 날아들었다.

크리스토프 마르카르트는 일어나기 위해 돌담에 몸을 기댔다. 그는 서서히 자신들은 이 위험에서 안전하게 됐음을 알아차렸다. 그는 감사하는 마음으로, 아직도 담벼락 바로 밑에서 바짝 엎드려 있는 아이들과 아내를 내려다보았다.

살았어!

그들 위로 교회의 대들보가 불길에 휩싸여 딱 소리를 냈다. 안도의 한숨도 잠시뿐이었다. 크리스토프는 한 걸음에 무덤을 뛰어넘어 마을을 보았다. 불길은 지붕들 위로 솟아 올라갔으며, 점점 높이 타올랐다.

교회의 탑에서 커다란 불덩어리가 부서져서는 아래로 떨어졌고, 불꽃들이 묘지의 담 안쪽 무덤에까지 흩어졌다.

"일어나!"

약탈하는 군인들에 대하여 울술라와 아이들이 느꼈던 두려움은 이제 불에 대한 두려움으로 바뀌었다.

요켈, 마리아와 토비아스는 동생들을 데리고 나무 울타리에 나 있는 문을 통해서 도망을 쳤다. 크리스토프와 그의 아내가 안전하게 좁은 길에 도착하자마자, 교회의 탑이 흔들거리더니 삐거덕 소리를 내며 무너졌고, 불꽃들을 무덤 위로 토해냈다.

몇 안 되는 사람들이 다닥다닥 붙어 서 있었다.

"우리는 여기에서 더 이상 살 수가 없어." 크리스토프는 지쳐서 이마 위를 닦았다. 어디로? 서쪽으로? 도시로? 안 돼, 군인들은 그곳에 가서도 약탈을 하고 주민들을 살해했어! 전쟁이 지속되는 한, 어떤 길도 안전하지 못해.

"습지를 지나서 북쪽에 있는 숲으로 가도록 하자."

그는 불타고 있는 지붕 위를 가리켰다.

갑자기 그가 팔을 내렸다. 장터에서 누군가 절룩거리며 자신들에게 다가오고 있었다. 파이트!

그들은 오랫동안 만나지 못했던 친구인 양 그를 향해 달려갔다. 레온하르트, 엘리자베스와 발렌틴은 환호성을 지르며 파이트에게 매달렸다.

노인의 얼굴은 딱지가 생겨 아문 상처에도 불구하고 환하게 빛났다. 그에게는 아무 일도 일어나지 않았던 것이다. 새까맣게 타버린 오두막에 숨어 있던 그를 약탈자들은 발견하지 못했다.

폭도들이 물러간 다음 파이트는 마을을 둘러보았다.

"아무도 살아남지 못했어." 그가 말했다. "교회지기, 태수, 모두. 그들이 모두 죽었어."

토비아스는 훌쩍이며 울었고 집으로 가려 했다.

마리아는 있는 힘을 다해 그를 붙잡았다.

파이트는 허약한 소년에게 절룩거리며 다가갔다. "두 분 모두 돌아가셨다. 내 말을 믿어. 그런 모습을 굳이 보러 가지는 말거라."

토비아스는 고통스럽게 입을 열었다. 하지만 소년은 소리도 지를 수 없었다. 눈물이 소년의 뺨 위로 흘러내렸다. 마리아는 팔로 소년을 잡았다. "울지 마." 소녀가 작은 소리로 말하며 함께 울었다. "제발 울지 마."

파이트는 급작스럽게 둘에게서 몸을 돌렸다.

"무두장이!" 그가 소리를 질렀다. "떠나려거든, 지금 떠나야
해. 그들이 벌써 언덕에 도착했거든. 군인의 아낙네들과 아이들 말
일세. 불길이 약해지기만을 기다리고 있어."

요켈은 불확실함을 더 이상 견딜 수 없었다. 카타리나가 죽도록
내버려두어서는 안 되었다. "아버지. 늪에서 나를 기다려주세요!"
이렇게 말한 뒤 요켈은 장터를 향해 미친 듯이 뛰었다.

소년의 아버지는 뒤에서 고함을 질렀으나, 요켈은 멈추지 않
았다.

"저놈은 반드시 올 게야. 아주 강한 놈이거든." 파이트는 염소
처럼 웃으며 조심스럽게 얼굴에 있는 시커먼 딱지를 만졌다.

대문은 양쪽 모두 떨어져나가 있었다. 요켈은 숨이 턱까지 찼지
만 안마당을 지나 헛간을 흘깃 보았다. 안채는 절반만 불에 탔다.
불길은 이미 별채의 지붕에 혀를 날름거리고 있었다.

무두장이의 아들은 단박에 부서진 문을 뛰어넘어 안채의 출입구
에 도착했다.

부엌은 이미 눈이 따가울 만큼 연기로 가득 차 있었다. 요켈은
바닥에 엎드려 앞을 더듬었다.

소년의 손끝에 한 사람이 만져졌다. 소년은 놀라 다가가서는 흐르는 눈물을 닦았다. 지하로 내려가는 문 위에 태수와 아내의 시체가 있었다.

"카타리나!" 요켈은 신음소리를 냈다. 기침이 그를 질식시킬 것만 같았다.

"카타리나!"

소년은 어깨로 시체를 옆으로 밀었다. 너무나 두려워서 소년은 두 손으로 지하로 내려가는 문을 열어젖히고는 시체로 문을 고여놓았다.

"카타리나!" 요켈은 어두컴컴한 수직 통로에 몸을 굽혔다. 연기가 빽빽해서 소년은 아무것도 알아볼 수 없었다.

"카타리나?"

"여기." 소녀의 겁먹은 목소리가 들렸다. 목소리를 듣자 요켈은 모든 두려움이 단번에 사라졌다.

"나야, 요켈. 이리 나와. 군인들은 갔어. 집이 불타고 있다고!"

그녀의 손이 소년을 향해 뻗어 나왔다. 요켈은 소녀의 팔을 잡았고 소녀는 나지막한 사다리를 타고 위로 올라왔다. 요켈은 몸을 숙인 채 밝은 입구로 카타리나를 데리고 나왔다.

안마당에서 둘은 비틀거리다가 서로를 꼭 잡았다. 그러고는 숨을 쉽게 쉴 수 있을 때까지 기침을 했다.

카타리나는 머리에 천을 두르고 있었고, 얼굴은 새까맣게 그을린 상태였다. 그녀의 모습은 천으로 감아둔 미라 같았다.

요켈은 감사하는 마음으로 한숨을 내쉬었다. 카타리나의 부모는 딸을 숨기는 데 성공했던 것이다.

"고함소리를 들었어." 카타리나의 눈에는 눈물도 말라버린 듯했다. "두 분 다 지하로 내려오는 문 위로 넘어지셨어. 바로 내 위에."

불길은 별채를 순식간에 삼켰다. 불길이 지붕을 통과했고, 문에서도 올라왔다.

"어서 떠나자, 카타리나." 요켈은 검댕이 같은 소녀의 얼굴을 뚫어지게 보았다. 카타리나는 구출되었다. 요켈이 그녀를 구한 것이다!

"가자. 불길이 모든 길을 막아버리기 전에. 우리는 늪에서 다른 사람들을 만나야 해!"

요켈은 더 많은 애기를 하려고 했지만, 소녀는 아무 말 없이 소년의 손을 꼭 잡고만 있었다. 그것으로 충분했다! 그들은 함께 급히 집을 떠났다.

장터 주변에는 불길들이 마구간과 오두막집들을 맹렬한 기세로 삼키고 있었다. 교회는 무너져 내려앉았다. 뭉게뭉게 피어오르는 짙은 연기는 쉭쉭 소리를 내며 높이 솟아올랐다.

불타는 에게부시 마을 위로 짙은 연기가 퍼지더니 시커먼 연기 구름으로 변했다.

크리스토프는 사람들이 기다리기로 한 곳에 숨을 헐떡이며 돌아왔다. 그는 마을의 북쪽으로 빠지는 샛길을 발견했던 것이다. 아직 불길에 막히지 않는 길이었다.

이 길을 통해 그의 아내와 아이들이 마을에서 도망을 쳐야만 했다. "습지 부근에 도착하면, 안전해. 그러니 그곳에서 기다리도록 해라!"

그는 무두작업을 하던 작업장에 다시 들러야만 했다. 어쩌면 불길이 모든 것을 휩쓸어가지는 않았을지도 몰랐다. 작업도구나 냄비라도 챙겨올 요량이었다.

울슐라, 마리아와 토비아스는 이미 세 아이들을 데리고 불타고 있는 오두막집들 사이를 빠져나가고 있었다.

파이트만이 무두장이와 함께 뒤에 남았다. 그는 목발을 짚고 떠나가는 아이들의 뒷모습을 조용히 바라보았다.

시간이 별로 없었다. 에게부시는 완전히 불에 휩싸였다. 뜨거운 바람이 견딜 수 없을 정도로 불어왔다.

크리스토프는 노인의 옆에 서 있었다. "만일 아저씨도 해낸다면, 우리와 함께 가는 거요."

노인의 대답을 기다리지도 않고 크리스토프는 뒤도 돌아보지 않고 달렸다.

파이트는 침을 삼켰다. 그의 눈이 반짝였다. "무두장이!" 그는 단번에 목발을 앞으로 던졌다. "대장장이 집이 있는 골목에 손수레가 하나 있어. 거기에다가 모두 담아 가는 게야! 쓸 만한 물건은 모두!"

다리를 절룩거리는 노인의 뜀박질이 더 빨라졌다.

혼자서 시작하는 건 아니었다.

위안의 시;
전쟁을 혐오하며

(TrostGedichte In Widerwertigkeit Deß Krieges.)

– 마틴 오피츠(Martin Opitz)

• • •

제1편

독일이 지금 느끼고 있는 / 전쟁이라는 무거운 짐과 /

여느 때와는 달리 신이 자신의 권력을 이토록 강렬하게 불사르는 열정 /

그와 같은 고통 속에서 위안을 끌어 올리려는 것 / 그것이 나의 시가 될 것이다.

나는 이제 쓰기로 결심하였다:

부탁하노니 / 나를 도와주길 /

세상에서 가장 고매하신 그대 위안이여 / 곤궁에 처해 있을 때의 확신이며 /

신이 보내신 정신이자 / 진정한 신이신 그대.

내 혀를 그대의 피로 불타게 하라 /

내 주먹을 다스리고 / 내 청춘을 달리게 하라

이 황야를 뚫고 / 이 새로운 들판을 지나 /

그 누구도 나를 방해하지 않았노라.

다른 것들은 이미 잘 알려져 있지; 과연 누가 써보지 않았으랴?

비너스의 공허함과 / 눈먼 청춘의 보잘것없는 사랑의 쾌락을?

과연 누가 지금까지 들어보지 못했으랴? 시인들이 위대한 군주를 찬양하고 /

하늘 높이 떠받드는 노래를.

차라리 입을 다무는 편이 더 좋았을 곳에 / 그들의 붓이 움직였도다.

인간의 용기가 결코 손을 내밀지 않는 곳:

그래서 이런 세상은 거짓으로 찬란하게 빛나는가?

거인들에 관한 얘기를 들어보지 못한 자가 누가 있겠는가? /

숲과 산을 동시에 한 장소로 옮기고 / 온 힘을 다하여 주피터에게 돌진하는 /

더 이상의 존재는 없다는 말인가? 그리하여 나는

보기로 하였다 / 내가 사라질 수 있는지 /

불쌍한 민족들을 헤치고 나와서 /

땅에 엎드릴 수 있는지; 나는 십자가에 못 박혀 기뻐하는 자처럼

쓰고자 하는 정열로 가득할 뿐 /

우리 독일이 한 번도 얘기하지 못했던 여자 광대 /

그녀를 나는 이곳 우리의 조국으로 데려오려 한다 /

그녀의 손에 있던 관악기를 내 손에 들고서.

앞으로 나는 더욱더 능숙하게 찾아볼 것이다

이렇듯 혹독한 전쟁이 언제 끝나게 될지 /

그리고 평화가 우리의 땅과 바다에 깃드는 날이 언제일지.

하지만 나는 나에게 가능한 일보다 /

더 많은 것을 원하는 까닭에 /

이 일을 하려고 열망하는 것으로도 족하노라:

위대한 일을 하고자 하는 욕망은 칭찬할 만한 가치가 있지.

아니, 그렇지 않아; 내가 엎드려 간청 드리는 분은 /

나의 돛에 그분의 은총이신 바람을 보내줄 것이며 /

그리하여 떠날 준비가 된 / 나의 용감한 배는 / 높은 곳으로 가려 하지 /

땅으로 가려 하지 않네.

언제 선원들이 노를 저을지 /

언제 이 부드러운 서쪽이 바다 위에서 느껴질지 /

그때 사람들이 항구로 온다 /

폭풍도 없고 / 자갈도 없고 / 배를 망가뜨릴 딱딱한 땅도 없다.

전쟁의 신이 우리 독일에 온 다음부터 /

이 힘든 전쟁이 시작된 뒤부터 /

거대한 태양은 아름다운 말을 끌고 /

지구를 커다랗게 세 바퀴는 돌았나니.

그때부터 우리가 겪었던 / 힘든 상황과 /

느낌을(금방 입은 상처는 너무 많이 건드리지 말아야겠지만)

푸른색 증기와 안개로 덮지는 않으리라 / 유창한

예술이 그렇게 하듯.

만일 그런 예술과 똑같아지면 무의미하지. 우리는 너무 고통스러웠고 /

다른 이들과 함께 그리고 우리끼리 싸웠다.

나의 머리카락은 곤두서고 / 내 심장은 떨리노라 /

내 감각을 찾으려고 나는 시간을 낸다.

고귀한 독일 땅 / 신과 자연이 지치지 않고 지상 위에 내려준 선물 /

전쟁이 일어나기 전의 이 땅은 지금과는 비교할 수 없었어 /

평화와 예술이 꽃피던 긴긴 세월이 있었지.

이제 반대파들과 낯선 민족들의 노획물이 되었지만.

전쟁이 없는 곳은 이제 한 군데도 없구나 /

그러니 두려움이 없는 곳도 없다.

이 땅은 잔인하게 뿌리 뽑혔고 /

엄청나게 버거운 짐을 안고 있도다.

군인들의 수를 덮을 수 있을 만큼 길게 뻗은 산도 없고 /

어떤 숲도 그들을 덮을 수도 없지.

이제 초원이 푸른들 / 무슨 소용이 있으랴

뿔 달린 흰색 황소가 대지의 무릎을 발견한들 /

어떻게 새로이 태어날 것인가? 들판은 들판 없이 서 있고 /

전답도 곡식이 자라기는커녕 /

시체들이 뿌려져 있을 뿐. 전답은 이슬도 필요로 하지 않고 /

비료도 요구하지 않아: 예전에 비가 했던 모든 일을 /

이제 넘쳐나는 인간의 피가 대신하고 있으니.

목동 티티루스가 예전에 그늘 밑에서 불렀던 노래들 /

그 노래들이 울려 퍼졌던 숲과 계곡에 /

예쁜 나이팅게일의 달콤한 노래가 울려 퍼지던 곳에 /

모든 새들이 지지배배 하늘을 향해 지저귀던 그곳에 /

아! 아! 그곳에는 이제 끔찍한 나팔소리와 /

불을 뿜어대는 대포들의 천둥 같은 소리들 /

들판에서 들리는 거친 고함소리가 차지하게 되었구나: 예전에 나뭇잎과 풀들이

땅을 에워쌌던 곳에 / 이제는 썩은 시체들만이 널려 있다.

불쌍한 농부는 모든 것을 내버려둔 채 /

매가 자신의 위를 날아가는 것을 본 비둘기처럼 /

도주하고 말았지; 농부는 내륙으로 들어가고 /

그의 재산은 도난당하고 / 그의 농장은 불타버리고 /

그의 가축은 군인들에게 끌려가고 / 헛간은 뒤집어지고 /

고상한 포도나무들은 잔인하게 부러지고 /

나무들은 더 이상 볼 수 없으며 / 정원은 황폐하게 변해버렸지;

낫과 쟁기는 이제 날카로운 무기가 되어버렸어.

그리고 마을도 농부와 같은 신세가 되어버렸지. 과연 누가 말하고 싶으랴?

도시에 힘든 곤경과 / 고통과 / 슬픔과 / 비탄을

가져왔던 게 무엇인지 / 엄청난 괴로움 /

적의 만용과 무시무시한 잔인함을?

오래된 성벽은 증축되었고 /

성문은 굳게 지키고 / 칼은 날카롭게 갈아두고 /

무기들은 광을 내어 닦고 / 담들은 새로 만들고 /

골목길마다 보초들이 지키고 있구나.

모두들 겁을 먹고 있어: 적이 쳐들어오기도 전에

이미 많은 지역에서는 공포가 엄습하여 /

꼼짝 못하고 있지. / 내가 보았던 것을 / 생각하려 할 때 /

내 머리카락과 피부는 부르르 떨리지 /

사람들은 이리저리 도망을 쳤고 /

딸들은 밤에 산 위로 올라갔고 /

이미 그들 가운데 절반은 무서워서 죽었으며 / 어머니들은 한 남자를

발견하고 / 그를 저주할 시간이 있노라.

사랑하는 아내와 아이들을 보면

남자들도 도망을 갈 수밖에 없었으니 /

갓난아이들은 / 어머니의 가슴에 안겨 /

전쟁과 전쟁의 힘에 대해서 아직 아무것도 모르지만 /

어머니의 고통에 흥분을 하고 /

특히 어머니들의 고함소리에 마음 졸이고 있지;

남자는 아내를 잃고 슬피 울고 / 여자는 남편을 잃고 슬피 우니 /

내가 어찌 편안하게 말을 할 수 있겠는가.

적의 강인한 감각과

무시무시한 폭군에 관해서 나는 주목하지 않으련다 /

한 번도 들어보지 못했구나: 곳곳을 화려하게 장식했던 /

수많은 아름다운 도시가 /

어떻게 이제 재와 먼지가 되었는지? 성벽은 황폐하게 변했고 /

교회는 무너졌으며 / 집들도 뒤집어졌다.

한때 뜻하지 않게 밀려왔던 커다란 강줄기가 /

금방 파종해놓은 전답을 쓸고 지나가버렸어 /

숲들도 무너져서 / 가서는 안 될 곳으로 갔고 /

사람들은 대포의 아가리에서 쏟아져 나오는 /

번개와 유황의 비를 보았노라 /

땅이란 땅은 모두 흔들리며 진동하였고 /

도시에서도 날아오는 유황의 비를 보았더라:

연기구름들은 진짜 구름까지 올라갔고 /

불길의 바다가 모든 것을 덮어버렸으며 /

야영지에 있던 적들조차 깜짝 놀라버렸지.

잘 닦아놓은 도로는 불로 뒤덮여 뜨거웠고 /

탑들은 흔들거리더니 / 용광로에서 청동이 흘러 나왔어;

총알을 피했던 / 많은 사람들이 /

이제 펄펄 끓는 청동에 들어가 불타죽고 /

증기에 숨이 막혀 죽고 / 담벼락에 떨어져 죽었다:

신에 의해 세상이 만들어진 이후 /

태양이 빛나던 이후 / 이토록 끔찍한 분노는 없었으리라.

늙은이들의 흰머리 / 젊은이들의 울음 /

비탄 / 오오 고통이라 / 크고도 작은 슬픔이여 /

부자든 가난한 자든 울부짖었지만

짐승 같은 놈들은 아랑곳하지 않았어.

귀족인들 무슨 소용이랴 / 신분 따위도 존중받지 못했으며 /

그들 모두는 끌려가 / 처형당했지.

마치 격노한 늑대가 / 양들이 사는 목장으로 쳐들어가서 /

가리지 않고 마구 찢어 죽이듯이.

남편들은 자신들의 침실이 더럽혀지는 모습을 보아야 했고 /

딸들은 아버지의 눈에서 순결을 잃어야만 했지 /

그래도 욕정이 채워지지 않자 / 그들은

비인간적으로 능욕하였다.

그리하여 여동생은 오빠의 팔에 안겨 팔다리가 잘려나갔고 /

주인 / 하인 / 여자와 하녀들이 인정사정도 없이 목이 졸려 죽었다:

태어나지도 않은 아이들이 / 죽임을 당했지 /

밤에 어머니의 무릎에서 죽임을 당했어: 살아보기도 전에 /

사람들이 그들의 목숨을 앗아가버렸기에:

바위에서 떨어져 죽은 아낙네와 아이들도 많았지 /

그렇게 하여 힘든 시기를 줄이려고 했거든 /

적으로부터 도망을 가려고. 하지만 나는 무슨 말을 해도 되는가? /

살아남은 자들의 가슴이 / 참고 견뎌야 하는 그 무엇?

너희 이방인 기독교도들은 잔인함을 아직 잘 모른다:

너희들이 행하지 않은 짓을 기독교인들이 하거든.

그런 인간들이 기독교인이라는 이름을 가지고서 말일세.

그들은 시체들을 파 뒤집어서 /

사지를 땅에 숨기고 /

수치심도 없이 시체들 밑에 숨어 있었지.

이보다 더 끔찍하고 잔인한 짓을 나는 더 이상 쓰고 싶지 않아 /

그런 일은 후세들에게 맡겨야겠어

(끔찍한 세상은 아마 더 오랫동안 지속될 수 있을 테니)

나는 침묵하는 편을 택할 것이야.

……

초판인쇄 1633년. 작품기록 131.

옮긴이의 말

이 소설의 시대적 배경은 아무래도 30년전쟁인 것 같습니다. 1618년부터 1648년까지 독일에서 일어났던 이 전쟁은 끔찍한 전쟁으로 유명합니다. 당시의 독일은 지금처럼 단일한 국가가 아니라, 여러 개의 나라들로 나뉘어 제후들이 다스리고 있었는데, 이들이 믿는 종교도 신교와 가톨릭으로 나뉘어 있었답니다. 남쪽은 주로 가톨릭을 믿었고, 북쪽은 주로 신교를 믿었습니다. 그런데 가톨릭을 신봉하던 군주가 지금의 체코 땅에 있었던 보헤미아에 신교를 금지하면서 전쟁이 시작되었고, 독일의 주변에 있던 스웨덴, 네덜란드, 스페인, 영국 등등이 참여함으로써 종교 문제로 시작된 전쟁은 정치적인 전쟁으로 발전하게 됩니다. 1, 2년이 아니라 30년 동안 전쟁이 지속되었으니, 먹을 게 없었던 군인들은 마을을 마구잡이로 습격했을 뿐 아니라, 전염병도 창궐했다고 합니다.

이 전쟁으로 독일 인구의 3분의 1이 사망하였다고 하는데, 이는 전쟁 때문만이 아니라 기아와 전염병, 그리고 군인들이 휘두르는 폭력 때문이었다고 합니다.

이 소설의 장소적인 배경, 즉 에게부시 마을에는 이와 같은 모든 끔찍한 일들이 일어납니다. 몇 년째 먹을 게 없어서 아이들은 생쥐를 잡고 풀을 뜯으러 다닙니다. 하지만 군인들이 마을을 습격하고 나면, 또 그 군인들의 아내와 아이들이 마을을 습격합니다. 게다가 요켈은 막내동생이 흑사병에 걸려 죽은 아이의 시체를 만지는 바람에, 막내가 전염병에 감염되지는 않을까 마지막 순간까지 마음을 놓지 못하지요.

이 책을 읽는 사람들은 아마 전쟁을 경험하지 못했을 것입니다. 6·25전쟁이 우리가 살고 있는 이 한반도에서 일어났다는 사실조차 생소하게 여겨질 정도니까요. 우리는 전쟁이 얼마나 끔찍한지 모릅니다. 그래서 칼과 온갖 무기들로 무장을 한 채 상대를 잔인하게 죽이는 온라인 게임에 푹 빠져 있는 친구들이 많은가 봅니다.

굳이 전쟁이 얼마나 끔찍한지 알아야 할까요? 예, 그렇습니다. 우리는 우리가 누리고 있는 것에 익숙해져서 그 소중함을 잘 모릅니다. 경제성장만 하면 모든 게 해결되리라 생각하는 어른들이 아직도 많을 것입니다(다행스러운 일은, 그런 생각을 하는 어른들은 이 책을 절대 읽지 않겠지요). 우리에게 소중한 것은 경제성장만 있는 것이 아닙니다. 그리고 이런 것들은 잃고 나서 후회해본들 소용이 없습니다. 아니 잃고 나서 그것을 다시 찾기 위해서는 또 너무나 많은 희생을 치러야 합니다. 전쟁에 관한 영화를 만들고 책을 쓰는 이유는, 다시는 전쟁이 일어나지 않기를 바라는 마음에서 출발합니다.

에게부시 마을은 군인들이 모두 태워버렸습니다. 마을 사람들 가운데 살아남은 자들도 소수에 불과합니다. 이들은 살기 위해서 마을을 탈출하지요. 그런데 놀랍게도 살아남은 자들 가운데 파이트도 끼어 있습니다. 파이트가 누구냐고요? 이 책을 읽은 독자들은 알겠지요. 그렇듯 희망은, 다리 하나를 전쟁터에서 잃고 목발을 짚고 다니는 파이트처럼, 강인한 꽃인지도 모릅니다. 그리고 파이트가 다시 씩씩하게 탈출할 수 있는 것은, 다시 말해 희망이 피어날 수 있는 이유는, 혼자가 아니라 함께 하기 때문일 것입니다. 내 곁에 네가 있기 때문입니다.

2009년 7월

탄현동에서 이미옥

어쩌면 삼백년 후에

1판 1쇄 찍음 2009년 7월 23일
1판 1쇄 펴냄 2009년 7월 30일

지은이 틸만 뢰리히
옮긴이 이미옥

주간 김현숙
편집 변효현, 김주희
디자인 이현정, 전미혜
영업 백국현, 도진호
관리 김옥연

펴낸곳 궁리출판
펴낸이 이갑수

등록 1999. 3. 29. 제300-2004-162호
주소 110-043 서울시 종로구 통인동 31-4 우남빌딩 2층
전화 02-734-6591~3
팩스 02-734-6554
E-mail kungree@kungree.com
홈페이지 www.kungree.com

ⓒ 궁리출판, 2009. Printed in Seoul, Korea.

ISBN 978-89-5820-163-2   03850

값 9,800원